U0073726

廢物少女獵食記

我是她的男朋友！

Novel✦陸山水
Illust✦MIKI

梁依依 ★★★★★

永遠吃不飽又對普通食物不感興趣的囧系少女，人生格言是「識食物者為俊傑」，雖然不僅天然呆而且天然軟，但卻是一個為了食物可以豁出一切的大吃貨星勇士。且看這位就算是看到殺雞都會顫抖的弱雞少女，如何為了一口吃的，哆哆嗦嗦向前衝……

★★★★★顏鈞

一個完美強大的男人，出身高貴，無所不能，帥得天怒人怨，聰明到地動山搖，對女性則毫無耐心；愛好是戰爭、打架、工作、學習，幾乎毫無缺點。

（眾人細數缺點：霸道、自負、傲慢、粗暴、無情商……）

他這樣一個人，居然會敗在一個愚蠢的女人手上，敗倒的起因是——對方要「吃」他？！

卡繆・拉瓦德 ★★★★

天瘧軍校副校長，上將軍銜，英俊古板，嚴肅正直。雖非本意，但由於他過分講究事實，總是很天然的毒舌，對資料數據有著執著的忠誠，熱愛鑽研資料數據與科學，是學術領域的天才人物。

★★★★陸泉

顏鈞的首席侍從官，文質彬彬，斯文俊雅，精明過人。雖然經常要為顏少爺收拾爛攤子，但是鞠躬盡瘁死而後已。

閃電★★★★

顏鈞鍾愛的寵物，一隻翠羽黃身的鳥，頭頂有形似桂冠的三根美麗翹毛。牠非常聰明，而且相當傲嬌，學顏鈞的口吻說話及聲音都很像，喜好甜食。

★★★★林楝

顏鈞的重要侍從官之一，生化領域的傑出青年才俊，天生毒舌，時不時以諷刺少爺和嘲笑瑞恩為樂趣。

瑞恩★★★★

英俊清秀的金髮白皙青年，一個過分浪漫的生化學精英，總是有奇怪的詠嘆調詩意冒出來，熱衷於實驗觀察和記錄。

INDEX

第一章✦顏家的男人都容易讓女人痴狂？

黑魔方內——

陸泉叫住剛回來的顏鈞，彎腰為他打開視訊道：「少爺，在連線將軍之前，建議您先看一段視訊，也許將軍會提到這件事。」

準備直奔書房的顏鈞停住腳步，低頭看一眼陸泉的筆電。一段吵吵嚷嚷的視訊被陸泉打開，那豔俗的特效、粗糙的剪接和誇張煽情的旁白讓他的眉頭越挑越高，表情莫名其妙。

他深邃探究的目光停駐在那位女生的臉部正面特寫上，良久。

陸泉的表情起先微訝、然後緊張起來，少爺難道……不過……可是……也許……

他認真打量起那位名叫林姚的女生，氣質嫻靜優雅，長相嬌美動人，有著讓所有男人心動的柔弱外表，更有著願意為朋友冒險的勇敢內心，雖說少爺在這上頭總是像根朽木，但也說不定會突然老樹生花（？）……啊，他還在看，還在看，越來越認真，難道真的……

「——這誰啊？！」顏鈞想了很久，還是沒認出這張分不清差別的臉。

陸泉：「……」他果然又想多了。

「少爺，這是你的緋聞對象。」陸泉想了想，說了一句廢話。

顏鈞厭煩到不行，剛才梁依依不甘心的跟在他背後唸了一路，嘛著嘴巴指責他言而無信，說什麼「講謊話、臉變大、開『謊花』的不結瓜、講謊話的長不大」……哼哼嘰嘰聽得他一肚子火，回來陸泉又給他看這莫名其妙的東西。

他嘖了一聲，調頭就往書房走。

「少爺。」陸泉又叫住他解釋道：「關於這個緋聞，目前我沒有干預，因為未必不是好事，比如少爺你如果偶爾去北岸的低年級區被發現了，也能有個似是而非的藉口。再比如……」

顏鈞哼笑，下巴微抬，「我會被發現？！」隨後他蹙眉想了一會兒，點頭道：「你處理吧。」

「是。」陸泉點頭，跟在顏鈞身後一同進了書房。

書房內，林棟、瑞恩以及駐紮在附近特地趕來的白恩中尉正在小聲交談，看到顏鈞走進來，他們從小圓桌邊起立。「少爺！」

「嗯。」顏鈞示意大家坐下，拿起桌上的「加密眼」。

陸泉打開書房的最高級別防禦，隨後進行連線。

眾人一同戴上加密眼，這是一種以波瑟粒子的震動為信號的通訊工具。波瑟粒子曾被不了解它的學者們稱為「暗物質」，現在它已經是一種普遍且重要的常識物質，最重要的特性是因為它充斥在整個宇宙中，只要透過編碼，資訊傳輸的速度高於光速。

顏鈞打開架在鼻梁上的眼罩式加密眼，周圍的場景立即虛擬轉換。

一間大會議室內，刷啦投下了十來道實景的全息人影，有顏將軍的參將陸青、白立海和南迪斯，負責總務資源的費奧娜中將、軍工高科的新上任負責人白穆林上校、生化高科的負責人林昊中將等。十幾人出現後便落坐，將軍的連線暫未接通，加密眼毫不浪費時間，立即彈出廣告——

「白羅生第二代軍用加密眼，可實現十萬光年內實景同步會談，是您殺人越貨、碾壓星系、縱橫宇宙的必備法寶……」

顏鈞敲了敲桌子，惱火的對白穆林說：「廣告別在這時候打，打仗的時候彈這個我會爆血管！」

白穆林瞇了瞇丹鳳眼，不以為然的擺手道：「生意上的事情，你不懂。」

「嘀嘟、嘀嘟——連線成功。」

「刷啦——」

顏將軍高大魁偉的影像投下來，在主席座上出現。

眾人立即起立，響亮整齊的敬禮和併腿聲響起：「將軍！」

「嗯，坐下吧。」顏將軍已經五十多歲，但身居高位的氣勢、常年征戰的銳氣、刻苦不懈的訓練和巡航者的特質，讓他有如三十出頭的人，眉心深深的川字和鼻翼兩側的法令紋，讓人一見就知這是一位嚴厲苛刻之人。

「三件事。」顏將軍的眼睫毛微微下壓，這是他思考時的習慣表現。

「第一件，與多德星系的戰爭已經進入收尾階段，我貝阿星系五大軍隊之中，戰功最彪炳者，在與多德人的戰後談判中自然列席更高，此役攸關重大，間接決定我們對周圍五個環繞星系的影響力，因此這段時間一切後方事宜的決斷權，全部交給顏鈞。第二件，這次戰爭中有一項重大的意外收穫……」顏將軍手指微動，投影並傳送資料。

會議桌上方出現了兩男一女的全息影像。三人年紀都不大，均是藍色長髮，頭髮好像有自我意識般正在自然拂動，三人的額頭正中央有一塊微小的晶瑩鑲嵌物，不論男女都身材高䠷修長，表情略顯傲慢，男性雅致俊俏，女性美麗精緻。

「他們來自曼寧大星系群，是迪里斯星系的流亡皇室，途經貝阿與多德的朗尼戰場時，出手為貝阿星系提供了援助。」

聽到這些訊息，眾人的表情便有些驚奇。

迪里斯星系所在的曼寧大星系群，與貝阿星系所在的艾芙蘭大星系群的距離一點都不近，他們是怎麼流亡過來的？又是為什麼要不遠幾千萬光年的流亡？

曼寧的文明分級要高於艾芙蘭，迪里斯在其中的地位不高，據說近乎是坎貝的附屬星系，由於距離比較遠，在座的人都不太清楚。

「多的我不講了，我只提一點：這三位流亡到此的皇族身上帶著『奎拉』。」顏將軍頓了頓。

眾人刷的抬起頭，顏鈞的拳頭驟然捏緊，就連老成持重的林昊中將也有些悚然變色。

「以感謝他們的援助為名，聯盟力邀他們到貝阿定居，這件事基本上已經塵埃落定了。十天之後，他們會在聯盟官員的陪同下，到奈斯星區拜訪皇帝。我要求你們在最短的時間內，盡一切可能拉攏或者控制他們。」

顏將軍眼睛微瞇，掃視一圈，對眾人鄭重的表情感到滿意，繼續道：「第三件事，蘭卡里布最近好像不太安分，注意他們，也注意一下西蒙。」

話畢，顏將軍隨意揮揮手示意散會，似乎準備關閉加密眼，然後又略微停頓，轉而向顏鈞問道：「還有，我收到文夫人的傳訊，你那個林姚是怎麼回事？在電視上哭哭啼啼的，不成體統！」

顏鈞愣了一下，腰板一挺正要回答，顏將軍突然又擺手道：「算了，你的私事我不管，你只要記住你肩上擔負的擔子。文夫人那裡為你挑了幾個非常有利的對象，甚至包括這位流亡公主，我看也是不錯的。你自己處理吧。」

他看了一眼顏鈞那張肖似自己的英俊臉龐，突然有些感慨，又有些驕傲的道：「不過你的煩惱我是知道的，我們顏家的男人都容易讓女人痴狂……」

陸青、費奧娜等人的表情突然微妙的僵了一下。

「但是，你絕不能沉溺其中，這天底下的女人太多了，個個都愛哭哭啼啼糾纏不休，對付女人……」顏將軍的表情突然回味起來，開始興致盎然的向自己的獨子傳授一些鐵血的、種馬的大男人主義思想。

顏鈞聽得非常認真，頗有心得，聽父親講到精采處，還忍不住拿出自己的戰略決策筆記本，在「對戰資源篇」後面寫上「對女人篇」，默默的做筆記。

白立海參將忍不住別開頭，他真不忍心看這兩父子熱烈交流、好像全天下女人都已經跪舔的場景，難道他要告訴少爺你父親幾十年來就你媽一個女人，還被調教得團團轉，至今想起他都會悄悄躲在書房裡流痴情淚嗎？

顏將軍以指點天下的豪情氣魄說了一陣，突然意識到旁邊還默默坐著一些對他知根知底的老部下，不禁老臉一僵，不高興了，板起臉陰沉道：「戰事吃緊，散會！」然後「刷啦」一下斷線了。

陸青低頭揉了揉眉心，與林昊等人面面相覷一陣，轉向顏鈞道：「少爺，你該做指示了。」

顏鈞還在回味筆記上的內容，那表情有些醍醐灌頂、若有所思兼洋洋得意，聽到陸青參將的提醒，他合上筆記本，板起臉思考片刻，眉頭微皺道：「林昊中將、白穆林上校，從現在起，請你們全力展示白羅生和庫尼的精銳科技實力。」

「我要看到我們的高新武器和技術以每天一件的頻率占據艾芙蘭星系群的軍事界，比起不知底細的拉攏，我想這幾位流亡的皇室，應該更想知道誰才是貝阿星系最強大的力量。」

「是。」白穆林明白少爺這是要暴兵亮肌肉了。流亡之人最想要的是一座牢靠的靠山以獲得安定，說不定心裡還懷揣著某些東山再起、光復失地的隱密想法，討好和拉攏是將選擇權交到對方手中，而展現實力和威懾力則占據了主動位置。

「陸青參將、白立海參將，不管你們是出訪也好、交流也罷，等到那三隻皇族弱雞拜訪奈斯老皇帝的那天，我要艾芙蘭星系群的十六個星系中，至少有三分之一的外交官是跟在我們的身後走進去的。」

陸青與白立海點頭。

「南迪斯參將，我將安排陸泉配合你進行情報收集工作。費奧娜中將，至於怎麼招待那三個人，我就全權交給妳了，我對這個不在行。那麼各自行動，散會！」

十幾條人影起立敬禮，陸續消失。

顏鈞關閉了加密眼，小圓桌邊依舊只有陸泉、林棟等人。

林棟與白恩中尉湊到一起，小聲的討論起迪里斯的流亡皇族，兩人都對中間那位美麗高傲的公主挺來勁的。

白恩把公主的全息投影一百八十度轉來轉去，讚道：「嘖，這妞真漂亮，有氣質！叼！」

林棟摸下巴，道：「嗯……我覺得要想牢牢逮住這三位皇子公主、得到『奎拉』，最好使用傳統招數。」

白恩問：「什麼招？」

林棟面無表情的說：「把少爺推進聯姻的火坑裡……啊不是，是推進美差裡，財色兼收，不算壞事吧？然後用少爺過人的魅力迷住美麗的公主，反正『顏家的男人都容易讓女人痴狂』……得到公主的身心和寶物後，再打著為皇室復辟的旗號，利用她進軍迪里斯星系，真是稱霸宇宙的好節奏啊！」

白恩小聲笑道：「嘖嘖嘖，科學家就是壞，叼！陸泉你怎麼看？」

陸泉瞥了他們一眼，沒加入這種沒營養的討論，他摸著下巴，不知道正在考慮什麼。

瑞恩坐在一旁，一邊回憶剛才的會議場景，一邊在實驗記錄上認真的為顏將軍畫肌肉結構剖面圖，並賦詩一首。

顏鈞彎曲著手指，輕輕敲擊桌面，這一次會議的訊息量有點大，他也在整理著思路。突然他想起了什麼，對林棟說：「對了林棟，你那個可以追蹤、定位、監聽、防禦、變形、講冷笑話的多功能手機呢？弄一個給梁依依，讓她跟她媽聊去，省得煩。」

林棟頓了一下，點頭稱是。他突然又想起心裡那點小疑問，考慮了一下少爺那深不可測的負EQ，忍了半天還是有點忍不住，問顏鈞道：「少爺，你跟……梁依依……我的意思是……」

顏鈞皺眉斜瞥他，「什麼事說啊！你什麼時候這麼娘們兮兮了？」

林棟想了想，怕少爺一激動把他扔出去，決定換一個照顧他面子的方向順毛問：「少爺，梁依依好像對你來說很不一般，我的意思是，你覺得有沒有可能……她喜歡你？」

顏鈞愣了一下，表情微微一變，漸漸皺起好看的眉頭，他別過頭，有些深沉的看向窗外，感慨道：「你猜得沒錯，她早已對我情根深種了……」

瑞恩畫剖面圖的手頓了一下，迅速掏出手機查詢情根深種的意思。

「不過……」顏鈞臉一冷，站起來豪情萬丈的對部下們道：「你們都知道我是不可能回應這些無聊的少女心事的。正如父親所說，女人，只不過是過眼雲煙和餐盤點綴，男人的歸宿永遠只有三個地方——天空、大海，和宇宙！」

他眯起眼，優雅又超然的仰望著天花板，他想，他是注定要走上父親那條鐵、血、無、情的老路了。

「啪、啪、啪……」只有瑞恩鼓起了掌。

……★……★……★……

七點十分，晚飯後的餐桌邊。

長桌上擺滿了精緻的甜品小食，部分被吃光了，部分還剩一些邊角。

梁依依坐在桌邊，幸福又尷尬的打了一個嗝，女僕們為她端上清口用的雪葩，並撤走她手邊揩拭過的餐巾，在她的膝頭重新疊放一條。

她戀戀不捨的用叉子叉起餐盤中的一節大鰭龍蝦肉。大鰭龍蝦肉上面澆了清亮香濃的秘製調味醬，肉質鮮腴白嫩得幾乎在叉子上微微顫抖……可她實在是吃不下了，顏鈞又早早吃完回書房忙去了，不然可以給他吃，要知道浪費食物真的是一種犯罪。

她無奈的放下叉子，揉揉肚子站起來，向一直在門邊侍應的主廚先生微微鞠個躬，以表達感激與讚美之情。她的母親也是個小主廚，關於吃這方面的風俗與禮節，她說得上是「略懂」。

主廚南錫趕緊彎腰回禮，他一直站在門邊侍應，看到他精心烹製的菜餚被梁小姐小心翼翼的品嘗、甚至一掃而空，他的心中感到了無盡的快慰。

南錫來自貝阿星系的西和，西和號稱艾芙蘭的七大美食之都，素來以西和菜系享譽貝阿行星帶。西和菜的典型特點主要為口感細膩、醬料鮮美、汁多味腴、擺設華麗、講究氣氛與環境，只以季節性食材入菜，從凍頭盤到鹹、甜點，正宗的進餐菜序一共有二十八道，精雕細琢、淺嚐慢飲，足足要花上五個小時才能吃完一餐。

由於顏少爺空有英俊優雅的外表，卻飽含著一顆粗糙男人的內心，實在沒有多餘的時間消耗在吃飯上，所以他的菜單長度被一壓再壓，一貫只有頭盤、主菜、湯和甜品四道。

每次這位少爺進食，都如打仗般迅速，吃完便去忙他那忙不完的事情了，類似「深入品評菜式、在精美的菜餚中感悟藝術、用餐後款款有禮的答謝主廚」之類的雅事，真是想都不要想。

這讓英雄無用武之地的南錫一度非常失落，就連小吃店的雜牌廚子都能感受到廚藝為人所喜的成就感，為什麼作為堂堂顏府的高級廚師，他感覺到的卻是養豬大戶的糙實感？所以這些軍閥啊，真是粗俗不堪、難以交流。

但值得慶幸的是，梁依依小姐來到了顏府，自她來以後，南錫的人生便再次煥發了榮光。

依依小姐是真正懂得吃、享受吃也熱愛吃的妙人，也許因為她吃過的奇怪東西實在太多，她甚至能分辨出海露恩和迷迭香的細微區別，能靠味道嚐出露水貝的公母，這讓整個顏氏廚師界都欽佩不已。

不僅如此，託依依小姐的福，少爺對吃飯也多了幾分熱情。

只要依依小姐覺得喜歡的菜，她都會熱情又耐心的切一點餵給少爺嚐，少爺則會一邊惱怒的說著「妳敢讓我吃妳剩下的？！」，一邊不耐煩的把它們吃掉。透過品味少爺那看似鄙夷不屑、實則津津有味的表情，南錫的廚藝終於得到了主人的間接肯定，實乃人生中一大歡欣鼓舞之事。

在有梁依依的日子裡，南錫先生幾乎奉上了畢生絕學——烤、煎、燴、焗、扒、燜、蒸，上千種香料的神秘配方、數百種精緻的切琢手法、幾十種醇厚美酒的搭配、數不清的稀罕食材……新菜譜的創意更是層出不窮。

可惜好景不長，梁依依小姐沒住多久就離開了，回到了只有食堂的冷硬宿舍，這讓南錫先生難過極了。

不過，人生總是這麼起起伏伏，在看似絕望處又充滿了希望。今天依依小姐又來到了顏府，而且以後她都會在晚飯時間準時出現。

梁依依仔細擦乾淨嘴角，拿起桌上顏鈞給的新手機看一眼時間，對阿連道：「阿連，我現在可以去找顏鈞嗎？我們候補生的宿舍十點門禁，我想告訴他得早點開始訓練。」

阿連頗為抱歉的鞠躬道：「很抱歉，依依小姐，現在少爺正在辦公，可以稍等半小時左右嗎？」

「好的。」梁依依點點頭，在桌邊耐心等著，拿起新手機嘗試功能。

晚飯前她打了一通視訊電話給媽媽，一解思母之苦，現在她想打給薛麗景，試試新手機的冷笑話功能。

書房裡，顏鈞正在檢查軍工建設兵團的生產成績，並來回比對兩張圖，一張是艾芙蘭大星系群的輻點礦源圖，一張是夜旗軍實際控制的礦脈圖，正當他在輻點圖上做批示時，桌上的監控器突然閃了一閃，「嘀嘟」一聲開始自動監聽。

這是林棟給他手機時順手扔給他的監控器，作為多功能手機的配件，可以無視距離、不留痕跡的監聽通訊內容。顏鈞握筆的手頓了一頓，梁依依的第一通電話打給了媽媽，第二通電話會打給誰他有點好奇，於是他拿起監控器上的耳麥塞進耳朵裡。

那一頭的薛麗景正在詢問梁依依下午的去向，劈里啪啦語速很快：「妳還在外面玩？伯母跟妳在一起嗎？我晚飯的時候去找妳好幾回呢妳都不在，今天不回來嗎？膽子真肥！抓到會被罰的！對了，今天二食堂有大醬肘子和限量供應的豪華細骨龍排，是二食堂特地給林姚做的，我沾光吃到了一點，妳後悔吧！」

梁依依慢吞吞的解釋：「不是呀，我今天沒有出去，在、在、在忙別的事吶。」

薛麗景說：「哎？妳這呆瓜能忙什麼事，怎麼不叫我幫忙呢？辦完了嗎？要不我過去找妳？我有一個特～大～喜訊要告訴妳！真是大事！」興沖沖的感覺。

梁依依趕緊擺手，雖然對方看不見，「不行不行，現在不能過來，我、我、我在洗澡……」又騙了薛麗景一次，真不高興。

薛麗景更興奮了，「這麼巧，我也在洗！」一旁響起配合的水聲和大力搓泡泡聲。「不如我們視訊共浴吧？好主意好主意，我現在就打開全息視訊，把場景投過去！」

梁依依看一眼身後的女僕們，手擺得更凶了，「不行不行！不要，千萬不要，妳別打開啊！」

薛麗景撇嘴，「怎麼啊，妳怕身材輸給我啊～呵呵呵！本人閱女無數，經過我的神眼鑑定，妳的身材還是可以的嘛，胸部不大不小，我的手雖然無法『把妳抓牢』，但是妳男人絕對可以滿滿的一手掌握哦！腰嘛軟軟的，屁股長得最好，是圓溜溜、翹嘟嘟、非常肉感的桃子屁股哦！我偷偷摸過，所以妳在害羞什麼啦！」

正做資源分析的顏鈞被這鹹濕的對話突然襲擊，耳根刷的爆紅，筆差點掉在地上。智商太高的壞處就是想像力太強，他不可自控的開始腦補細節畫面……真是，真是太過分了，這種話、這種話透過耳麥聽到，真是……這個叫薛麗景的女人真是……一定要讓梁依依離她遠一點！他內心不自覺的咆哮起來。

梁依依也被說得耳根泛紅，蚊子哼哼道：「薛麗景妳在說什麼啊……妳好好洗澡吧，我不跟妳說了……」她羞得只想掛電話，連想試手機冷笑話功能的初衷都忘了。

薛麗景連忙說：「哎等一等、等一等，別掛嘛，我真的有重要事情要說啊！是關於一件很機密的事情。」她突然變得小聲：「這是某個與西蒙家族關係密切的高年級學姐透露給林姚的——」

「蘭卡里布星系的內閣總理正在四處出訪，本週有可能會到貝阿星系，因為日程緊湊，所以只到白林學院參觀，我們天痕軍校會派精英學員到白林學院接受檢閱，與此同時……」薛麗景再度降低音量：「我們學校要出兩個節目，到白林學院參加會演，迎接總理大人！」

顏鈞一頓，皺眉，這種消息低年級學生居然也能知道。

梁依依愣了愣，想一想道：「這跟我有關係嗎？」

薛麗景恨鐵不成鋼，「當然了，有節目就需要選學員當演員啊！在這麼重要的節目上露臉，意義重大啊！不僅本校的上層精英會看到，白林學院的帥哥們也能看到，這是一次寫進檔案裡的榮譽，更是數不清的勾搭機會哦傻瓜！」

「妳不是也懷揣著釣金龜婿的願望嗎？不然妳當初怎麼會去撲……」發覺自己差點說漏嘴，薛麗景嚇得趕緊捂嘴，「哎呀總之妳懂的啦！我纏了林姚好久，靠她出面才為我們爭取到兩個重要角色，其他人真是羨慕不來的啊！怎麼樣？妳興、奮、了、吧！」

梁依依沉思片刻沒什麼感覺，可能她還不清楚表演的方式吧。「那，我是要演什麼？」

薛麗景再次亢奮道：「是話劇，劇本是我極力推薦的！妳記得我們地球流傳了幾千年的著名愛情故事嗎？《梁山伯與祝英台》！」

梁依依知道這個，「哦哦哦，那個我知道，好像是說祝英台女扮男裝代父從軍，然後被梁將軍發現從而相愛的故事？」

顏鈞皺眉：那不是《花木蘭》？

薛麗景大手一揮，說：「妳記錯了！是說梁山伯和祝英台在舞會上一見鍾情，但是因為家族世仇不能在一起，私奔不成功，最後因緣際會相繼服毒自殺的故事！」

梁依依不停點頭，附和道：「哦哦對，是這個。」

顏鈞挑眉：那不是《羅密歐與茱麗葉》？！難道他祖上傳下來的地球書籍都是錯的？！

薛麗景得意洋洋，「我們參演的就是那一幕——梁山伯在祝英台的窗臺下唱歌時，我演放哨的小廝，妳演窗臺下的那棵樹！妳的戲分太多了梁依依，那一幕裡，妳要時時刻刻站在臺上，時時刻刻喲！哇哈哈哈，興奮傻了吧！」

梁依依也很驚訝，她感激道：「給我這麼重要的角色呀，我沒想到居然可以演到一棵樹，謝謝妳哦薛麗景，妳真厲害……」

顏鈞：……

薛麗景被表揚了有些害羞，「哎呀，我們是好朋友嘛……到時候妳就知道了，排演的時候肯定有好多優質帥哥，眼睛別看花哦！嘿嘿……對了，說到這個，妳最近的戀愛動向如何？有沒有喜歡上哪個男生？」

顏鈞挑眉，豎起耳朵。

「啊？沒有啦，怎麼突然問這個……」梁依依對這種話題有點害臊，手指在桌上畫圈圈。

顏鈞：哼，撒謊。

薛麗景道：「咿——害羞了喔。對了，我們還沒有交流過戀愛史哎！這可是閨蜜必經的一步哦，同睡同洗澡，再加同聊前男友……快，妳先講，妳有過幾個男朋友？」

顏鈞心裡不知道為什麼咯登了一下，耳朵豎得更高了。

梁依依遲疑的想了想——

幼稚園的那個，是每天送麥趣糖給她的初戀，他們度過了美好的吃零食時光；小學三年級的那個，是經常用零食糾纏她、奪走她臉頰初吻的二戀，他們度過了美好的吃零食時光；還有小學四年級時，每天用棒棒糖拐她去看動畫片的三戀，他們度過了美好的吃零食時光……可是自從梁女士發現她容易被吃的拐跑後，就對她嚴加看管起來，後來再也沒有美味（？）的愛情（？）發生了。

於是她羞澀的道：「差不多算是，三個吧……」

顏鈞的表情突然凍住了，俊眉緊擰，雙眸微微睜大，眼裡燃燒起了莫名其妙的怒火。

薛麗景捂嘴笑道：「哦~經驗還算豐富哦~那最高程度到哪一壘？」

梁依依想了想，是親臉，便回答：「嗯，親親吧。」

顏鈞表情一癱，手裡的氪金遙感筆被他捏成了粉末。

薛麗景想了想梁依依的喜好口味，信心滿滿的猜測道：「我敢肯定，妳的男朋友個個年紀都比妳大。」

梁依依疑惑的問：「咦，是啊，妳怎麼知道？」都大她半歲呢。

薛麗景得意非凡，搓著身上的泡沫，順嘴歡快的說：「這還不好猜？一看妳喜歡卡繆上將喜歡到情不自禁就知道囉！口味是年長成熟……」她突然一驚再次捂嘴，媽呀，她今天肯定是洗澡洗暈頭了，說漏兩次！

……喜、歡？顏鈞的眉心擰成了一座山。

……卡？繆？！他緩緩將耳麥拿出來，不自覺的在指間捏碎。

——情？不？自？禁？……

顏鈞慢慢抬起了逐漸陰沉的臉，凝重的盯著前方。

喜歡，喜歡，喜歡……是的，他該注意的不只是「喜歡」兩個字，不只是這個，他應該注意的是，這短短一句話裡，蘊含著太多值得猜忌的東西……

第二章✦當局者迷失，旁觀者起鬨

「卡繆上將？」梁依依腦袋裡一整個問號，「薛麗景，為什麼這麼說？」

「啊啊啊——這個、那個……我確實是有一點亂猜啦，不過……不過我也是有根據的呀！」薛麗景眼珠亂轉，開始胡說八道：「妳、妳、妳還記得那天我們遲到嗎？卡繆上將單訓妳，然後我當時就發覺妳看他的眼神裡充滿了崇敬，和愛慕！」她要盡其所能的無中生有、顛倒黑白！

「啊？我……有、有嗎？」梁依依迷惑又緊張。

「妳自己都沒有發覺嗎？看來真是當局者迷呀！卡繆上將與妳對話的時候，妳仰望他的眼神就好像一汪飽含深情的湖水，又柔又浪……」薛麗景賣力的瞎掰，細節描述提高了可信度。

又柔……又浪？梁依依臉都白了，「是……是這樣？」

「是呀，卡繆上將那麼英俊威武、成熟迷人，妳會因為仰慕而喜歡上他是非常正常的呀，一見鍾情更是理所當然的呀！」薛麗景不忘利用客觀事實混淆視聽，「所以我才會想當然的誤會了嘛！當然，我也不一定是誤會了，妳先捫心自問，妳對他是不是很敬仰？」再得寸進尺，打蛇隨棍上！

梁依依無措的想了想，猶豫道：「敬仰倒是敬仰……」

「是不是很欽佩？」再接再厲。

「欽佩倒是也沒錯……」

「有沒有一丁點想要親近的感覺？」加快節奏。

「啊……親近啊……」覺得好吃的親近感算嗎？

「有沒有患得患失的畏懼感？」勝利在望。

「有啊有啊這個有！這個有！我有點怕他的！」梁依依使勁點頭。

「其實妳那不是怕！」一錘定讞，「那是想要靠近又害怕冒犯到高高在上的男神，想突破心防又害怕徹底失去對方的自我克制心理，妳懂不懂這種柔腸百結的少女情懷啊？妳懂不懂啊！」薛麗景用力的一拍浴缸，說得她自己都快信了——薛麗景太棒了妳真是個人才！

「我、我不懂啊……」梁依依腦子徹底漿糊了，是這樣嗎？可她總覺得哪裡不對勁啊……她捏著手機仰著腦袋陷入了沉思。

那一頭，薛麗景正為自己暗暗喝彩——噎死糠忙臯鄙喲！她已經成功歪樓了！

「薛麗景。」梁依依終於慢騰騰的回過神來，整理了一下思路，「我覺得是妳想多了，我怎麼會喜歡卡繆上將？我只要一想到他就會情不自禁的踢正步、說敬語、抬頭挺胸。生命這麼寶貴，我肯定不會冒著這麼大的風險去喜歡他的……不過妳說的眼神問題可能有一定的原因吧。」

梁依依自我檢討，難怪卡繆上將總是對她有點抗拒感，原來是因為這個……那她下次一定要向他解釋清楚。

薛麗景鬆了一口氣，淡定的搓著泡泡道：「那好吧，隨便妳怎麼說吧，我只是想引導妳看清自己的內心而已，妳自己好好想吧！啊，我要沖水了，關於節目的事我們明天面談哈！」嘀嘟一聲，她掛了電話。

薛麗景也是個說風就是雨的爽利性子。

梁依依無奈的搖搖頭，剛把手機收好，女僕愛拉就走進來道：「依依小姐，少爺要您到頂樓的大型訓練場外等候。」

「哦，好的。」梁依依起身跟了上去。

……★……★……★……

顏鈞在書房的電腦前站了很久，臉色鐵青，皺眉看著帖子上的動態圖片，一遍又一遍……然後他拿起手機。

「我要你查清楚他們的關係，這就是你『查到的資料』？一些論壇帖子的胡說八道？這些東西為什麼不早點給我看？！」真正的火藥味。

那一頭的陸泉感到有些鬱悶，解釋道：「少爺，這件事其實你是知道的。驅逐離岸鳥那天，你就在現場，雖說是在高空，但也親眼目睹了梁依依小姐投懷送抱……」他頓了一下，突然感到背後發涼，於是力挽狂瀾的改變措辭道：「不是，是不小心撞到卡繆上將的胸口。」

「你下來後還幸災樂禍的，哦不是，是深表遺憾的跟我們說起過這件事，況且這事在校內論壇上還曾經掀起過一波八卦熱潮……所以，我認為你是了解這個情況的……」

「我怎麼知道那個女人就是她?!難道我見她一次就能記住那張毫無特色的臉?你明明知道我、我……你！」

「是，是的，這是屬下失職。」一聽顏鈞提到了他最不願意提的「輕度人臉識別障礙」，陸泉立即承認失職。

顏鈞咬牙切齒的咆哮：「知道失職了還不給我繼續查!從祖譜開始查起!這兩個人的關係你要給我一個具體定義，他們是怎麼認識的?時間、地點、人物、起因、經過、結果!梁依依為什麼要……要那樣?她在我面前為什麼裝得跟卡繆毫無瓜葛?這兩個人是不是在演雙簧?目的是什麼?明天早上我要見到你的報告!十萬字!」

「嘀嘟。」

陸泉表情鬱卒的捏著被掛斷的手機，一臉幽怨的轉過身。林棟和瑞恩坐在訊息館的長桌邊，蹺著腿看他。陸泉走過來，剛想開口傾訴，林棟立即說：「我聽到了。」

「十萬字。」瑞恩接口。

林棟摸下巴，「十萬字的話，豈不是要寫得曲折離奇、跌宕起伏?」

「可能還要加上大量的分析、推理、反證、心理描寫和旁白，我建議開頭就這樣寫『那是一個花香四溢、幽靜迷人的早晨……』」瑞恩繼續發揮。

陸泉推一推眼鏡，「你們夠了。」

「不過少爺的能力真是大有長進了，震怒之中，連高級別鎖碼的加密手機也能破壞掉，讓它像山寨機一樣出現聲音外擴的現象。」瑞恩說著，在實驗記錄本上做了一筆記錄。

「嗯，你應該感到榮幸，少爺打電話給你居然用上了資料化能力，而且還恰到好處的沒有破壞你的耳膜和大腦。」林棟深表贊同。

「是啊，這份體貼下屬的心意，太讓人感動了。」瑞恩感慨。

陸泉揉太陽穴，「你們真是夠了……」

林棟撇嘴一笑，祭出了最後一擊，「所以啊，我不是早就提醒過你嗎？少爺對梁依依很不一樣。誰叫你相信少爺的話來著。少爺的話都得反著聽，難吃的東西就是『很想吃』，表情輕蔑是代表『感興趣』，經常欺負的人就是『好喜歡』，八歲的時候我就明白了，虧你還是少爺的心腹，十萬字——你真是活該。」

陸泉終於落敗，鬱卒的抱住了頭。

頂樓的大訓練場隔間內，梁依依坐在一張冷硬的工具椅上，抱著被她刻意揉成球形的手機，耐心的等著。

……★……★……★……

這層樓她從沒來過，隔間的一側是巨大的封閉訓練場，看上去牆體特別厚重，裡面是什麼情況看不出來；隔間的另一側是資料監控室，裡面有幾位工作人員在做調試；而中間這個隔間，大概就是個工具間吧。

軍靴踢踏的腳步聲在外間響起來，節奏有如鼓點，訓練有素、嚴謹肅殺。梁依依的腦袋像突然豎起的兔子耳朵一樣抬起來，亮出一個燦爛的笑臉，抱著手機跳起來說：「你怎麼這麼慢。」

顏鈞脣角下抿，面無表情的走過她。

嗯？梁依依抱著手機球，仰頭看他，問：「怎麼了？」

顏鈞伸出右手在訓練場的門上解密碼，拉開門，掃她一眼道：「等著。」然後鑽進了大訓練場內，關上那道足有半公尺厚的沉重大門。

梁依依噘噘嘴不大明白，便坐回冷硬的工具椅上。她剛剛才發現顏鈞真的好高啊，不過以前跟她講話時，他都會刻意低下頭微微彎腰，所以沒怎麼發覺。

她掏出手機玩遊戲，至少玩了有個把小時吧，把《超級瑪麗亞女僕版》玩了二十幾遍，訓練場裡還是一點動靜都沒有。她咂咂嘴，餓倒是不餓，就是嘴巴有點閒得慌，以前都會有吃的……她收起手機，東走西逛的晃到隔壁的資料監控室，趴在門邊看裡面的工作人員。

「阿米恩——」她小心翼翼的打招呼。

正在進行資料採樣的A小哥看她一眼，笑道：「依依小姐請進，覺得無聊嗎？這是真正的實戰，不是模擬投放環境，所以時間會久一點。」

梁依依點點頭走進來，彎腰在有可能藏食物的地方偷偷摸摸的檢查了一下，問：「你們……你們不存一點，吃的嗎？餓的時候……」有點扭捏。

「哦！依依小姐妳餓了？很抱歉，我們沒有注意這個。對了，以前少爺確實會隨手帶點吃的給妳，這是我們的疏忽，請稍等，我馬上叫女僕過來。」

「哦……其實也不用那麼麻煩……」她敷衍的客氣一下。

就在A小哥通知完女僕、掛掉電話的時候，整個頂樓突然開始「嘟嘟」示警，監控室的大螢幕亮起了紅光，走道上的警示燈弧光閃爍。

某個工作人員一個箭步撲到螢幕前關掉警示燈，凝神一看，忍不住反射性的面面相覷，失聲叫道：「少爺……突破了？！」怎麼會這麼突如其來……天！這太危險了！

「快打開訓練場，通知醫療隊！打電話給文大師，準備遏制藥劑以防萬一！馬上把依依小姐帶進去！現在呼叫所有人！所有人！」工作人員們訓練有素的分頭行動。

有人打開了訓練場大門，用力的拽住梁依依的手把她拉了進去。梁依依踉踉蹌蹌的差點摔一跤，忙忙亂亂中，她看到了撐著額頭靠坐在五公尺高的機甲底部、緩緩抬起眼睛的顏鈞。

她，胸口瞬間有種心臟被攫獲的，懵懂恐懼。

——與衝動。

顏宅內外人頭攢動、腳步紛雜，但又顯得井然有序、行動迅速。

醫療隊率先進入了訓練場，取出冷凍箱，拿出遏制藥劑，拉開安定屏障，架起射線干涉器，四臺醫療機器人已經落地，醫務人員全體就緒，在離顏鈞約六公尺遠的地方嚴陣以待。

醫療隊副隊長于越取出針管，配好遏制藥劑和強力的鎮定麻醉劑，正莽撞的準備上前給少爺扎一針，卻被數據組的人攔住道：「于越，暫時不用了，少爺看上去已經過去了，正在『收』。」

「是、是嗎？」于越收起藥劑，擦了擦額頭的汗。

他被分到少爺身邊才三年，這是他第一次經歷少爺的突破，聽到這消息的時候真是冒出一身冷汗。以往的醫療記錄上寫著「突破前要準備過制藥劑，以備突破不成功時度過危機；突破後要準備大劑量強力鎮定劑，以幫助少爺度過狂躁期」，因而他一上來就緊張的準備扎針。

資料組的小A見他緊張，解釋道：「以往少爺突破，都是一點一點循序漸進的，突破前會有許多徵兆，工作人員都會有所準備，不像這次這麼突然。況且，少爺停留在第六級太久了，這次的突破簡直像核子內爆一樣，剛才的瞬間生命體徵已經到達了危險點……我也感到慌亂，所以呼叫了全員。」

「實際上，『突破』最危險的時期是突破前的一瞬間，身體要承受β能量的短時大爆炸，一旦撐不過去就要打遏制藥劑終止，而少爺竟然在戰鬥過程中自己蠻橫的撐過了這個階段。現在想想真是太危險了。我們剛才檢查了一下，身體沒出問題，真是萬幸。」

于越皺眉，揚起手中的針管道：「那，難道不需要鎮定了？」

小A搖頭道：「鎮定劑只是輔助作用。因為突破後，少爺的精神與生理痛楚很大，狂躁易怒、有較強的攻擊性，有時候會不顧一切的自殘或破壞周圍的東西，所以才需要鎮定。不過只要成功突破了，一般就沒有大問題了……少爺現在看上去是開始『收』了，情緒還算穩定，我們不能貿然打擾他，只要在不遠不近的地方觀察待命就行了。」

于越猶豫的點頭。

這時陸泉、林棟等人焦急快步的跑了進來，看到躺在機甲底部、全身緊繃、肌肉賁起的少爺，以及跪在他旁邊、表情迷離的梁依依時，林棟大大鬆了口氣——萬幸，沒出事！他又看了一眼梁依依，這種時候敢緊貼少爺的，也只有她了。

梁依依跪在顏鈞支起的右腿邊，沒骨頭一樣軟趴趴的靠著他，嘴裡使勁嚥著口水，嘀嘀咕咕的小聲說：「去哪兒了，怎麼不出來？為什麼跑進去了……」一雙手探進顏鈞的訓練服裡摸來摸去。

顏鈞的機甲訓練服是連身的，前面的拉鍊可以從領口一直拉到大腿根，在梁依依一門心思的認真「探索」下，他的訓練服已經越拉越開，露出了性感的鎖骨、結實的胸膛，拉鍊底部滑過了精實的腹部，緩緩來到肚臍下方，幾乎就要露出陰影中的危險部位……

瑞恩吸了吸鼻子，克制住「因過於關心少爺而流出的鼻血」，在他的眼中，一切都是如此的藝術……眼神有如凶猛野獸、俊臉隱匿在陰影中的少爺，體內躁動著極其強烈的攻擊欲望，強壯完美如天神的身體，和那摧枯拉朽的凌厲氣場，顯示出他作為雄性的絕對侵略性與不可抵擋的實力。

在這樣的少爺面前，絕少有人敢於靠近或打攪，但是——有一名不知危險的、軟綿綿的雌性正匍匐在他強壯的身體上，整個人幾乎窩進他的臂彎裡，這是怎樣的對比啊？稚嫩與雄渾，弱小與強大，遲鈍與躁動，溫吞與狂暴……

偉大的女性代表梁依依啊，她不僅沒有畏懼、沒有覺悟，而且還在摸少爺、戳少爺、搖晃少爺的大腿，問著奇怪的問題，在百般撫摸蹂躪沒有結果後，她竟然把頭埋進少爺的懷裡嗅來嗅去，玲瓏小巧的臉蛋幾乎要迷失在少爺寬闊的胸膛裡……

瑞恩伸出兩指堵住鼻子，忍不住想要吟詩一首——

「啊……不說話的男子啊，你是人間的一件藝術品，高貴融化於野性中，正如那棕色的莽莽曠野……啊，莽莽曠野中的白羊羔啊，妳無辜又迷糊，妳可知末日已近，末日已近……」

林棟和陸泉齊齊瞪了他一眼。

林棟知道這時候的少爺極不喜歡身邊有人圍著他看，於是手一揮道：「都撤出去，全體轉移到資料監控室。資料組兩人一組，一組監控β能量虹化圖與能量曲線，一組監控情緒與激素情況，一組監控生命體徵，醫療隊進行輔助，都動起來別愣著！瑞恩你負責指導！」

他最後看了一眼梁依依，既然剛才的少爺沒把她掐死，那麼現在也沒什麼危險了，就讓她留在這兒吧。

人們立即行動起來，分組朝資料室走去，只有瑞恩戀戀不捨。

空曠巨大的訓練場內，只剩下正在梳理能量、循環通道、苦苦捱過狂躁期的顏鈞，以及他身上不高興的梁依依。

是的，梁依依不高興。

剛進來看到顏鈞時，她的心口就像被人狠狠打了一拳，心跳加速，眼神迷離，口水瘋狂分泌，宛若發現了巨大的美食寶藏，就算顏鈞冷冷看她的眼神就像一頭出閘猛虎一樣可怕，她也還是克制著逃跑的本能，嚥著口水湊了過去。

可是現在她的感覺就好像吃了一包「圖案僅供參考，實物以實際內容為準」的速食麵，不，根本就沒有吃到，只給聞了聞，速食麵老闆就把麵收回去了。

梁依依噘著嘴，失落的靠在顏鈞旁邊小聲說：「你怎麼都收回去了，不給我吃嗎？有點不夠意思……」

顏鈞捏緊拳，青筋暴突，咬牙切齒的撐住額頭。就在剛才短短的十分鐘內，他克制住了八十幾次要弄死她的衝動。

——這不怕死的混帳東西！蠢貨！豬腦子！

「唉。」梁依依嘆口氣站了起來，不甘心的繞著他轉圈，「真的一點都沒了？還能像剛才那樣來一次嗎？」

她耐心的在邊上眼巴巴的等了一下，見顏鈞兩手撐著額頭始終不理她，便只好蹲下來托著臉頰看他，不明白他到底是怎麼了。

許久，梁依依蹲得腳都麻了，左歪右歪的換著腳蹲。顏鈞終於深深吸了一口氣放下手，背靠著機甲，兩腿屈起敞開，瞇眼看她。

梁依依被看得有點莫名其妙，朝他笑一笑，然後後知後覺的發現顏鈞的衣服被她褪到兩肩下方，露出前面一大片小麥色的精壯身體，拉鍊頭被拉到了……她兩頰頓時爆紅，尷尬的捂住臉，特別不好意思的垂頭湊過去，小心翼翼的幫他拉上去道：「對不起啊，難怪你不高興了，我也不知道怎麼回事，估計是手滑了……對不起……」

顏鈞微微蹙眉，用極其複雜的眼神莫測高深的看了她一會兒，然後不知道想起來什麼事，臉色越來越難看。

嗯？梁依依看了看顏鈞的「鍋底臉」，一臉問號，他怎麼突然不說話了，葫蘆嘴被鋸了嗎？以往她慢騰騰的說一句，他至少有八個帶驚嘆號的批判句式可以回她。

顏鈞收回目光站起來，把拉鍊拉到下巴底下，越過她往外走道：「妳回去吧，這段時間不用過來了。」

他剛剛突破，要去找文大師，最近這段時間是不可能再次臨界突破了，那麼要梁依依來也沒用了。他突然對自己的情緒有點莫名其妙，這麼多年終於突破了，居然沒有興奮和喜悅感……嗤，他顏少爺果然是謙虛穩重。

梁依依真心有點困惑，那她餓了怎麼辦？她想了想，決定用一個比較體現智慧的方式迂迴問對方：「那我什麼時候再來幫助你呢？」

幫助他？他撇嘴冷笑，並不回頭，道：「誰知道呢。」

梁依依抱著手機球，眼睜睜看著他離開，任是她再遲鈍也感覺出來顏鈞好像生氣了……

為什麼？

……★……★……★……

南岸的費爾寧丹彙報大廳外——

卡繆停在大廳外的花間走道中央，沉默的看著三名叫住他的學生。

三名學生互相慫恿了一陣，終於有一個鼓起勇氣上前，以用力又標準的姿勢敬了一個禮，拿出一本《高等資料建模的深度解析》，問：「卡繆上將，我們是曼菲斯學院數讀系的學生，很不容易才得到您這次學術彙報的入場號碼，經過了相當複雜的檢查程序才進入天痕軍校的，我、我們……」

這名學生嚥了口口水，卡繆漠然冰冷的表情讓他緊張得幾乎說不下去了。

「我、我們有幾個問題，不知道可不可以，問……」他突然覺得，貿然向這位殿堂級的學術權威提問，也許並非什麼好主意，或許不是所有的老師都喜歡勤奮好問的學生?聽說卡繆上將的脾氣有些古怪……這……

卡繆沉默的掃視著三名學員，陷入了資料資訊的迷思海洋……眼前三人的身高：185.1498、191.2637、196.3751，體重：299.375、326.5834、450.697，以微量β能量反射法測試，骨密度T值均在二十以上，那麼按照身高、體重與骨密度資料計算，身體肌肉比占百分之五十以上，可感知腦部活動劇烈、智商不低，求學態度謹慎小心、勤奮好問……沒想到曼菲斯這種二流學校也能出現一些不錯的學生，很好。

他正眼瞧向最前頭的提問學生。

提問的學生不禁抖了一下，只見卡繆上將表情陰沉的朝他盯了過來，那眼神銳利得好似錐子，他背上瞬間一寒，感覺到了沉重的壓力與愧疚感。在熔岩上將的眼神鞭撻下，他已經完全意識到自己的唐突與錯誤，於是決定果斷的道歉然後迅速落跑！

卡繆微微活動了一下僵化的表情，向三名學生緩緩走近，抿脣低沉道：「什麼問題……」

三名學生齊齊倒吸一口冷氣，在崇山般的巨大壓力下，果斷的彎下腰不停鞠躬道歉：「對不起大將！對不起打擾您了，這個問題果然還是太幼稚了！我們思考一會兒就能解決還是不麻煩您了，對不起了請您原諒再見！」

三人直腰敬禮、道歉後退、迅速轉身後，以行軍小八字步迅速跑走。

「……」卡繆緊抿著下脣，默默目送這三名善始不善終的學生跑遠，蹙眉，搖頭。看來曼菲斯的學生對待學術的態度終究還是不夠沉穩。

他轉過身，沿著花間走道繼續往外走。

費爾寧丹彙報大廳由左、中、右三座圓形劇場組成，卡繆的學術演講在左廳，當他走過中廳的立柱大門、經過右廳的窗口時，他的腳步微微一頓。

「樹呢？樹呢？！」右廳內的弧形舞臺邊緣，話劇導演艾米麗拍著手嚴厲的喊道：「梁依依！快穿好妳的服裝過來，就位了！」

「好的！」梁依依手忙腳亂的抱起枝葉茂盛的樹冠戴在頭上，露出塗了一點青色紋彩的臉，她扯了扯碧綠輕薄的戲服下襬，往舞臺上跑去。

窗外，卡繆依舊直視著前方，眉頭卻反射性的擰緊，渾身肌肉略微緊繃，抗拒感與緊張感自然湧現，精神觸角不自覺鋪開，正當他為自己的反應感到無奈時，卻驚訝的發現一些意外情況。

在費爾寧丹右廳的周邊，隱藏著至少五名以上的武裝人員配備監視工具，正在穩定的收集傳輸資料，目標不明確。他心中一凜，提步向牆角處走去，那裡有兩人正在低頭操縱著螞蟻機器人。

「你們在做什麼？」

卡繆上將一聲低喝，讓賽斯卡等人驚駭的抬起頭，呆滯的怔愣片刻才反應過來，兩人忙不迭敬禮道：「報告上將！我們在、在、做實驗！」

卡繆一眼認出了賽斯卡，這是上回在顏府門口崗哨中阻攔自己的那位衛兵，他攢眉看了眼地上用於偷拍的螞蟻機器人，幾乎不用細想，就能猜到他們在做什麼。

無非就是為了右廳內的那名梁姓學員。

「天痕軍校內，嚴禁濫用違禁物品妨礙學校正常運作，嚴禁一切危害學校安全的行為，包括資訊外洩。出去。」卡繆居高臨下的看著他們，「叫你們的人都離開，下不為例。」

賽斯卡面有難色的看一眼同伴，這個卡繆上將為什麼老是要跟他過不去呢？要是缺了一天的監視記錄，他一定會被少爺用猙獰的瞪視「愛撫全身」的，更何況阻攔他們的還是少爺要求重點盯防的卡繆上將……

見這兩人雖然畏縮，可始終哆哆嗦嗦不肯動，卡繆瞇起眼，顏氏的衛兵們真是已經到無法無天的程度了，看來天痕軍校需要進行一次大型的校規整頓了。

賽斯卡他們支吾猶豫了一會兒，終究不可能真的跟卡繆上將對著幹，只好窸窸窣窣從牆角、樹上、後窗鑽出來，不情不願的離開，偷拍記錄還被上將收繳了。

卡繆將收繳到的晶片揣進口袋，偏頭看了一眼窗內。

梁依依已經走下舞臺，在角落閒站著跟薛麗景聊天。她的戲分非常簡單，就是伸展肢體，以一個藝術、優美的姿勢在臺上站五分鐘，然後在劇終時夾在全體演員中間跳一個圓圈舞。

薛麗景以極其讚賞的目光看了一會兒舞臺上的林姚，突然調頭嚴肅的對梁依依說：「梁依依學員！」

「到！」梁依依立即挺直背，她知道薛同學又想訓話了。

薛麗景背著手站到梁依依面前，鄭重道：「全體都有，整隊報數！」

「一！」梁依依立正報數。

薛麗景淡定的走到她旁邊報：「二！」然後又踱著小方步走回原位。

她背著手道：「梁依依學員，在剛才的表演中，我認為妳有幾點做得不足：第一是表演性不夠強，沒有演出一棵樹的深刻糾結心理；第二是姿態還不夠優美，這一點妳要多向美麗大方的女主角林姚學員學習！」

「是！下次一定改進！」梁依依小軍姿站得筆挺，圓眼睛亮晶晶的。

「嗯。」薛麗景略作停頓，「不過，妳有一個優點還是比較突出的！」

梁依依神采奕奕的等待她的表揚。

薛麗景認真看了看梁依依，抿起嘴說：「妳的小肚子比較突出！」

「噗！」梁依依臉紅紅的捂住嘴偷笑，推了薛麗景一下。

薛麗景瞪了她一眼，這傻樣跟隻小老鼠似的。

梁依依連忙斂容，深吸一口氣收腹道：「報告薛首長，我現在沒有小肚子了！」

「是嗎？」薛麗景板著臉伸出手，摸了摸她的肚子，點頭道：「嗯，看來這個碉堡被我軍埋伏得很好嘛！」說完她真是繃不住了，驀地蹦起來，跟梁依依滾在一起笑成了兩個球。

大廳外，一名抱著道具的工作學員正要往裡走，突然看到廳外的卡繆大將，大驚失色，搶上前大聲道：「卡繆上將！三年級學員M．I向您敬禮！」

廳內的演職人員立即停下動作，轉頭看過來。

導演艾米麗一眼就看到卡繆永遠凝重如幽谷的臉，吃了一驚，緊張的小跑過來敬禮道：「卡繆上將，四年級學員艾米麗向您報告！我們正在準備會演節目，即將迎接蘭卡里布內閣總理的檢閱，我們的表演是否影響了您的學術彙報？我們將立即轉移，向您檢討！」

卡繆收回目光，隨意瞥了她一眼道：「不用，繼續努力。」然後繞過艾米麗，以每步0.75公尺的穩健步幅緩步離開。

眾人鬆了一口氣，繼續各歸各位，吆喝排練。

不過梁依依的目光卻好像蒼蠅黏上飯一般，黏在了卡繆的背後。她心裡老是惦記著上次薛麗景的話，什麼「深情愛慕、又柔又浪、飽含痴情」的，每次想起來她都忍不住捧臉鬱悶。她已經握緊拳頭下了很多次決心，一定要向卡繆上將解釋清楚，並且對著鏡子反覆練習「正氣凜然」的眼神，可惜一直沒有機會施展。

要見到卡繆上將真是非常不容易的，自從上次去向他做檢討、順便配合他做了一次研究後，已經過了三天，唔，也已經三天沒吃過顏鈞了……她嘛嘛嘴……總之，這次看來是個好機會，要是再慢騰騰的，肯定要後悔。

梁依依小心看一眼薛麗景，眼神閃躲的越過她直視著天花板說：「薛麗景，我要出去……嗯，上個廁所。」

「唔？哦……」自從看到卡繆上將後，薛麗景就在用全身心偷窺梁依依，果然讓她抓到了狐狸尾巴。

哎嘿，小鹿亂撞了吧，輾轉反側了吧，還裝尿急？妳真是在尿遁大師薛麗景面前班門弄斧！

她微微揚起下巴，點頭道：「嗯，准了！」然後轉過頭一本正經的看向舞臺，等梁依依小碎步跑了出去後，她立刻興奮得躡手躡腳跟了上去。

在距離費爾寧丹大廳約十公尺的地方，有一條林蔭道分外幽靜，卡繆上將手裡夾著筆記本，在樹蔭下從容而行。梁依依賣力的在後面跑著，嘈雜的腳步聲驚飛了林中鳥，五感敏銳的卡繆一直裝沒聽見，雖然他的腳步不自覺慢了些。

梁依依終於趕上他，跑到卡繆前方敬禮道：「上將，候補、候補生梁依依向您……敬禮……」還不住的喘氣著。

卡繆瞥眼看著她。

「我、我……」梁依依抬起頭，不自覺的睜大濕漉漉的眼睛，以一個非常溫順柔軟的姿態仰望著他，但瞬間她腦中躥過「又柔又浪」四個大字，於是渾身一個哆嗦，立刻直起背，堅定的睜大眼，一字一頓的大聲喝道：「卡繆上將，我有事要向您彙報！」

卡繆眯起眼睛，疑惑的看著她。瞬間分貝峰值提高了百分之兩百是怎麼回事？看來是有很重要的事要說。

梁依依首先向他鞠了一個九十度的深躬，以示道歉，然後道：「卡繆上將，因為有旁觀者說，我看著你的眼神總是痴迷又深情……」她臉紅尷尬，「一定讓你感到困擾，我很抱歉。但那不是我的本意，其實我……」

她頓了一頓，用發好人卡的遺憾堅決表情說：「並不喜歡你。」

「……」卡繆大腦的聽覺區出現了短暫卡殼。

艾普斯在實驗室中向他的耳麥示警：「主人，檢測到您的左顳葉腦（聽覺區）出現資訊斷層，觸發關鍵字：不喜歡。」

梁依依感覺到這麼說不妥，又誠懇的擺手修正道：「不，不是這個意思，我是喜歡你的……」她認真思考著措辭。

卡繆大腦的思維區又卡了一下。

艾普斯再次示警：「二次警報，檢測到主人的左右後額葉腦（思維區）運轉不良，觸發關鍵字：喜歡。」

梁依依想好了，抬頭道：「上將，我的意思是，我雖然很敬仰你，也很欽佩你，但那不是愛的意思，我很清楚那個意思，請你不要困擾於一些字面意思，我並非那個意思，你明白我的意思嗎？」

卡繆後退一步，略感震驚、言語不能、面無表情的盯著她。

艾普斯又一次示警：「主人，您的左半腦及布洛卡區（言語區）出現嚴重功能障礙，觸發關鍵字：意思。」

梁依依有點無奈了，還想再解釋一下，卡繆突然繞過她大步往前走。

「哎！上將！」她追上去，「對不起，我的主要意思是……」

「閉嘴！」卡繆突然低聲喝斥。

「那你明白我的意思了嗎？」梁依依像條小尾巴似的跟在他身後繞來繞去，「我有點介意這個，主要是太不好意思了。我不知道我看你的時候會是那個樣子，你可是德高望重的副校長吶。我不想讓你誤會，我不喜歡你呀，哎不是，我喜歡你，但我不是那種喜歡你，我是這一種……」

「閉嘴！」

薛麗景遠遠躲在幾百公尺外的一棵樹後，咬著手指，感動得快要落淚了……依依，加油！女追男，隔層紗，好依依，捅破它！

……★……★……★……

天痕軍校監察處，大會議室內——

橢圓形的會議長桌邊坐著不少人，白林學院分管安全與紀律的副校長艾文・奧斯蘭中將坐在左側首席上，其下手坐著的依次是古賴爾．拉瓦德、達西．西蒙、埃爾．拜倫、李征和羅修，均為白林學院四年級的戰備編隊隊長。

會議桌右側的首席位置空著，這個位置顯然是為卡繆上將所留。首席之後，坐著門奇．拜倫、布勒．埃默里與楞習多卡，三人均為四年級的戰備編隊隊長。左右末席上陪坐著幾位監察處的輪值教官，他們正襟危坐著，偶爾穿插在眾人的交談中搭上幾句話。

白林學院的幾人此番到天痕軍校來，是為了蘭卡里布內閣總理到訪一事，屆時兩所學校會在白林學院接受檢閱並舉行會演，因此安全保障是個大問題。兩校已經透過遠端會議聯合推演過多次，而這次面談是艾文中將途經曼寧的時候臨時決定的。

艾文中將低頭看了看時間，他本來算好這時候卡繆上將的學術彙報應該正好結束，因而踩著點過來，看來他們還是來早了。

他的右側是坐姿端正的古賴爾，性格一板一眼的他一直平視著前方，表情剛毅肅然，就算與布勒聊天也顯得分外苦大仇深、沉重刻板。

古賴爾隔壁的達西倒是截然相反，雲淡風輕、優雅閒適，修長的手指托著精緻的白瓷茶盞，不管別人問什麼，都可以用三個字的輕飄答案結束對話，但又不顯得散漫不敬。

埃爾一直靠著椅背，手肘支在扶手上，兩手手指相對，他看了一眼對面昏昏欲睡、要死不活的兄長，內心的不忿與憎惡就像地獄火舌一樣無法遏制，但那英俊親和的圓臉上，一直笑容燦爛。

「顏鈞呢？」埃爾笑咪咪的問楞習多卡。

大塊頭楞習多卡鄭重答道：「哦，是這樣，他本來請了一週假，現在正在趕來的路上。」

請一週假？埃爾有點驚訝，這對於學習勤奮、恪守規章的訓練狂人顏鈞來說，挺不正常的。

「……屌事多。」看上去正在抱臂打盹的門奇突然低聲說。

粗俗的話讓正在品茶的達西動作一頓，然後他笑了笑。

卡繆上將把手機揣回口袋，加快腳步向監察處走去。

梁依依鬱悶又怯懦的跟在他身後，不情不願的小跑著。她真後悔，真的。要是早知道這樣會觸怒他，她絕對不會執著於解釋這點雞毛蒜皮的小事。

這位長官的脾氣還真是古怪，比更年期的梁任嬌女士更難相處，她不過是略微口齒不清，略微執著，略微囉嗦了一點吧，但每句話都很真誠很敬重啊！值得他勃然大怒嗎？不值得吧！有必要要她寫檢討嗎？不至於吧！還要去監察處寫嗎？不會吧！是不是要站著寫呀？好痛苦啊！真的要寫一萬字以上嗎？那她要加多少個湊數的驚嘆號啊……

走進監察大樓後，卡繆隨口道：「等著！」然後就拐進另一頭的大會議室內。

梁依依耷拉著頭，小小的嘆了口氣，自己在走廊上找個不那麼起眼的角落面壁站著，假裝自己是一張綠色的壁紙。

她老老實實的站了十分鐘，小心翼翼的回頭看一眼四周，沒人，於是悄悄拿出手機發簡訊給薛麗景，請她代為請假。

「T_T薛麗景，由於一些很重大很複雜的不可抗原因，我今天沒有辦法回去繼續排演了。我知道我這個角色是道具角色中最重要的，缺席的話一定會對節目造成巨大的影響，能夠成為首席道具，也讓我一直感到很驕傲很感激，但我真是沒有辦法，請妳向艾米麗學姐表達我的這些意思——沮喪的梁依依。」

須臾，薛麗景就跟母雞下蛋似的咯咯咯回了三條訊息。

「什麼？！」

「梁依依，妳可是道具中的VIP啊！」

「唉，這樣真是讓我非常難辦，好吧，我一定全力以赴的幫妳請假，爭取幫妳保住這個搶破頭的熱門角色！」

梁依依非常感動。

不久後，薛麗景就回信了，「導演很生氣，她說不可抗力的原因只有六種，地震、洪水、火山爆發、生化危機、恆星坍縮和中子星磁暴，她問妳是屬於哪一種？」

梁依依惴惴不安的回道：「火山爆發……」末了又附上一條：「真的。」

正當她緊張的等待回覆時，走廊上突然響起軍靴落地的喀噠聲，她趕緊把手機藏進戲服內的口袋裡，腰板筆挺的站軍姿。

沉穩有力的腳步聲在她身後幾公尺處停了下來，不知道為什麼一直沒離開。梁依依不知道是哪位軍官，只好屏住呼吸，戰戰兢兢的挺胸、收腹、撅屁股，不敢回頭看，約略半分鐘後，腳步聲再次響起，那人打開門進入某間辦公室。

「呼——」梁依依鬆口氣，拿出手機繼續與薛麗景傳信。

「艾米麗導演勉強同意了，多虧林姚幫妳說話。她一開口，艾米麗就不嘰歪了，就算她是所謂的『紫羅蘭家族』，也忌憚林姚身後那個人啊！嘿嘿，我們這個小團體現在真是今非昔比了啊！」

「嘩……那妳要幫我感謝林姚呀，我明天會加倍努力的！」

「那當然，我訓練去了！嘿嘿，小混蛋，別以為我不知道妳在忙什麼『壞事』，嘿嘿嘿～不過妳要記住，無論如何我都是支持妳的！加油！」

忙壞事？梁依依想，薛麗景肯定又在腦補奇怪的事情，她聳聳肩，覺得無所謂啦。經過卡繆上將這事之後，她發現想得太多、執著於是是非非也不見得是好事，有時候糊塗一點還能相安無事。

反正只要是有智慧生命的社會，就會有自作聰明的誤會，生活不就像包心菜一樣嗎？要是只追求真相，那麼扒開了一層又一層，結果裡面還不是空空的，什麼都吃不到？還不如把誤會和壞事都當包心菜葉子吃掉，這才是務實的人生……

這樣想著，她突然渾身振奮，覺得自己總結出了什麼了不得的人生哲學，不禁低頭拿手機記錄下來。以後梁女士要是再責備她脖子上頂的是屎殼郎球、長著腦袋不想事，她就用這段話來回敬她。

會議室內，針對安保方案，雙方已經討論了兩輪。本次迎檢的安全保障委員會由星區執行官、兩校校長、駐防部隊長官以及在座的諸人組成，分為十個安全編隊。

由於所有的戰備隊長都要參加閱兵式，因此編隊的儀仗與恆星級的迎賓儀仗相當，在顏鈞的主動要求下，達西和埃爾與他編在同一隊。

細節商榷完畢後，艾文中將俐落起身告辭，眾人握過手後，埃爾踱到顏鈞旁邊問：「喂，你發生什麼事需要請假？不像你啊。」

顏鈞看了他一眼，不知道他是裝作不知道還是真的不知道，於是模稜兩可的說道：「身體方面的事。」

埃爾漫不經心的點頭，跟著眾人開門走了出去，一行人同樣高大挺拔的體魄，同樣意氣風發的氣場，同樣傲慢冷漠的表情，同樣貴不可言的身分，白林學院的深藍色制服與天痕軍校的銀黑制服交相輝映。

「……那是什麼？」達西眉頭輕蹙，突然停住腳步，目光投向一邊的碧綠身影。那人身上的綠色貼身戲服和她怪異的舉止很是引人注目。

大步向外的顏鈞腳步一頓。

埃爾順著達西的方向看過去，覺得有意思，興致勃勃走過去問梁依依：「妳在做什麼？」

發呆中的梁依依嚇了一跳，驚慌失措的仰頭看他，見是一位有酒窩的微笑帥哥，她鬆了一口氣，有氣無力的對他說「阿米恩」，低下頭繼續面壁，鬱鬱的小聲道：「我是壁紙……」

埃爾彎起眼睛哈哈一笑，亮出一對虎牙，繞著她轉了一圈問：「妳在罰站？為了什麼？真可憐。要拜託我幫妳向長官求情嗎？肯定有用哦。」

「——埃爾！」顏鈞站在遠處，沉聲道：「快來討論編隊的事吧，我還有事要做，別耽誤我的時間。」

「啊，是啊是啊，你最忙！」埃爾提步離開，「真是個沒有生活情趣的人。」

顏鈞皺眉瞪了他一眼，順便抓緊時間偷看牆角的蠢貨。

她今天的妝怎麼比昨天畫得更綠了，太醜了，站在牆角是在幹什麼？巴結卡繆？犯錯罰站？為什麼他沒收到情報？那群該死的勤務兵！看什麼看什麼，妳轉過頭來看著我幹什麼，妳要是敢喊出來本少爺弄死妳！還看？！眼巴巴的什麼意思？我懶得理妳！

梁依依抿抿嘴，囁嚅了一下。顏鈞看都沒看她一眼就走了，看來他好像不想理她了……這可怎麼辦啊……她只好戀戀不捨的回頭，繼續貼牆。

古賴爾落在最後，他對艾文中將耳語片刻，又折了回來，大步向卡繆走去。他湊近卡繆，小聲用拉瓦德家族的密碼語言說：「叔叔，顏鈞突破了，目前還沒有公開消息。你知道他的情況嗎？！」

卡繆微微一震，沉默。

古賴爾焦急的問：「叔叔，你是不是知道了什麼？他是怎麼突破的？天痕軍校裡有任何消息嗎？」

卡繆喉頭動了動，搖頭道：「我只是感到，震驚……我不知道。我與他的接觸僅限於每週一堂數讀課。」

古賴爾略有些沮喪，敬了一個禮後，大步離開了。

等到輪值教官們也陸續離開後，卡繆緩步走出會議室，他站在走廊上，盯著梁依依的後背。

雖然看上去面無表情、老成持重，但他的內心已經經歷了震驚、激動、期盼、深思、抗拒、無奈、鬱悶、煩惱、糾結、嘆息、妥協的心路歷程，其中的跌宕起伏與曲折細膩不足為外人道也。

梁依依總覺得有背後靈在她背後吹冷風，她伸手撓撓臉，回頭偷瞄，被卡繆上將逮了個正著。

「啊……」梁依依默默轉回頭，小聲道：「我只是活動一下……」

卡繆上將沒有搭理她，他慢慢打開自己辦公室的門，微微一嘆，站在門口背對梁依依道：「進來。」

第三章 ✦ 思春＝想男人了

黑與白，光與暗——這是宇宙的色彩。

幽深廣袤，不知其所深也。

稀疏斑駁的星子，從數萬光年以外傳回幾萬年前的光芒。極遠處，有五彩斑斕的極光和塵埃帶，以及正在紅移的漩渦星雲。而眼前目光所及的地方，卻只能看到空與曠，以及一顆亮度低、體積小，但密度奇高的白矮星。

這顆白矮星是單星體系。在它的周圍，行星已被吞噬，沒有其他恆星存在，只有純粹的黑。也許在百億光年後，這顆白矮星將成為一顆黑矮星，失去所有的光熱和能量輻射，永恆的沉寂下去，只有偶然路過的旅客和別有意圖的人，才會來到這片廣袤危險的廢墟。

比如顏氏的夜旗軍。

在這片宇宙曠原中，停著兩組鐫刻著夜旗軍軍徽的冷硬艦隊，在它們的東北部約十五個天文單位的地方，有貝阿聯盟軍的後勤駐地，那是貝阿與多德的朗尼戰場大後方。

這兩組艦隊出現的意圖十分蹊蹺，在它們出現的瞬間，貝阿聯盟軍就透過微波掃描發現了他們，並向他們發出了質疑與警戒的廣播，得到的簡短答覆是——

「顏鈞，小規模演練。」

聯盟軍立即沉默了。

在兩組艦隊的主艦內，顏鈞與文大師正相對而坐，兩人中間擺著一方「恰特蘭國王棋」的棋盤。

文大師笑呵呵的說：「開始吧，小夥子。」

顏鈞隨意笑一笑，拿起海盜方的棋子。

在雙方落子的瞬間，外面兩組艦隊立刻動了起來，改變位置變換陣仗，須臾間成為了兩支對峙的編隊。

二人落子不語。棋盤上，海盜方一開局即大開大合、攻勢猛烈，多條戰線同時推進，蠶食鯨吞著國王方的土地；主艦外，顏鈞指揮的無人艦隊正急速驅馳、暴起發力，向文大師控制的編隊發起激烈的合圍攻勢。

顏鈞很清楚，在文大師這樣的高手面前，自己的優勢不外乎是年輕人的爆發力，如果跟著大師的節奏走，玩細水長流的戰術追截，他就算把自己玩枯了，也不一定能讓笑咪咪的大師流下一滴汗來。他的戰術從落子之初就極其清晰——爆發、爆發、再爆發！以空間換時間，絕不給對方喘息的機會！

文大師笑了笑，「年輕人就是氣焰高啊，這是要搞火力壓制的閃電戰，把老師父摁住打呀。」

顏鈞眼簾微垂以示謙遜，鄭重道：「在老師面前，我不敢輸，又沒有能力贏，那就只好全力以赴了。」話畢「啪」的一聲按下一子，國王方的皇后被掃落下馬。

會客艙外，陸泉一直認真的盯著棋盤，他知道外面的戰況與這棋盤上的戰局不會有分毫差別，說少爺是天才絕對不是身為顏氏人的自誇，也許上天是為了補償他在某些方面的缺心眼，他在戰場上確實是天生良才——有大拙也有大巧，我強則眼花撩亂，敵強則返璞歸真，有劍走偏鋒的靈氣，也有單刀直入的銳氣。

可這也難怪，少爺自三歲起就被將軍綁在指揮室內，與滿屋的軍事書籍和來來往往的戰情報告一同長大，那些套路與戰術早就已經被他揉碎變成「直覺」塞進大腦。

白恩中尉與羅奇銘少將一左一右站在陸泉的兩邊，兩人面目猙獰的凝視著艙外的戰局。

兩人都隸屬於曼寧駐軍第三對空聯隊，羅中尉負責補給與總務，目睹著自己的戰艦一艘一艘自相殘殺，跟玩碰碰車一樣玩自爆，他淚流滿面的算帳：兩艘護衛艦尾翼部分破壞，修補需經費三百萬特蘇蘭；一艘偵查艦光學鎖控雷達完全性損毀，置換需經費一萬六千八百五十萬特蘇蘭；一艘殲星艦機體截斷，報廢再造需一百三十六萬七千兩百七十九萬特蘇蘭……

白恩中尉鼻孔翕張、咬牙切齒的對陸泉說：「叼泥馬，為什麼少爺老是抽我的駐軍做這種事？！為什麼這個狗屁大師喜歡玩燒錢棋？！」

陸泉推了推眼鏡，道：「更正，這是恰特蘭國王棋，不是燒錢棋。文大師喜歡以棋局對應戰場，這叫『雅興』，也是展示實力的切磋。」他看了一眼「醉心於戰場、眼含熱淚」的羅中尉，對白恩道：「看看羅中尉，這才是一名懂得戰爭藝術的軍人。」

羅中尉淚流滿面的轉過頭，「是啊，拿殲星艦當煙花爆著玩，真有意思啊真有意思啊，呵呵呵呵呵……」

「……」陸泉嘴角抽搐，不忍直視，默默的轉過頭。

白恩還在不忿，「什麼玩高雅？！我看玩我們的成分比較大！下棋就在屋子裡好好下，一邊下棋一邊打仗行得通嗎？宇宙中的荒原多的是，為什麼要跑到戰場大後方來玩這個！你沒考慮過這個大師的目的嗎？叼。」

陸泉沒有答話，這個問題怎麼可能不考慮，少爺三秒之內就給他想出來八十幾條目的，但那又怎麼樣？文大師不是旁人，他是塞厄的傳人，整個艾芙蘭大星系群中唯一的一名中階巡航者。他不牽扯皇室、不攀附貴族、不依靠聯盟、不畏懼軍閥，有如大樹一棵，不蔓不枝，自成一派，除了力量與知識本身，沒有什麼可以打動他。

在貝阿星系中，不論是姓什麼的巡航者，對文大師這樣的大師都滿懷敬畏，因為他們前進的道路上，還要靠這位不偏不倚的老師提供指引。少爺突破第六級後的第一件事就是來找文大師指導，原因不問自明。

這位大師對求學的後輩從來都樂於教導，任何人在他眼裡都一視同仁，他也素來喜歡少爺，稱讚他有一顆心無旁騖的「赤子之心」。他的指點是不帶目的、不求回報的，所以他說要出來玩玩國王棋，少爺怎麼可能不答應呢？

「嗤。」白恩一臉不滿，嗤笑一聲。

主艦外，華麗的戰隊位移與合圍追擊精采奪目，盛放的超能炮與迫擊光波絢爛如花。

……★……★……★……

在離此十五個天文單位的聯盟後方駐地內，有幾艘形狀、制式與徽章都與貝阿聯盟截然不同的飛船，其中有一艘呈紡錘形的巨船，大小與一座小山頭相仿，這是迪里斯流亡皇室所乘坐的母船。

迪里斯的母船與護衛艦靜靜懸浮在駐地中央，周圍滿滿環繞著聯盟的後方駐軍，像是保護，又像是監督與禁錮。突然，迪里斯母船的一側閘口打開來，放出了四艘梭形小飛船。

小飛船內，迪里斯的大皇子安蘇抱臂看著主螢幕上的戰況，眉頭微挑，輕聲道：「一般，還過得去……」

小皇子塞拉爾在副螢幕上翻閱人物資料，輕蔑道：「一個三級文明的小小割據軍閥能有多不錯？這位所謂的『大師』不過中階四級，我看也不怎麼樣。他偷偷傳信給我們也不知道是什麼目的，我們真的要去見他嗎？這是在貝阿聯盟軍的重圍駐地中，我們這麼大搖大擺的過去，真是引人注目極了。」

安蘇不以為然道：「那又怎麼樣？這些愚蠢粗鄙的軍閥，我真是一個都不喜歡。讓我們在後方駐地待了七、八天，每天都有一撥人踩破母船的閘口來『慰問』。哼，以為我們勢必要依靠他們其中一派才能活下去？他們有什麼是值得我們敬畏的？作為傳承烈薇之光的高貴皇室——五級文明迪里斯的第一繼承人，要是淪落到依附低等的螻蟻文明生存、看這些原始人臉色，那麼我寧可在宇宙中繼續流浪。」

塞拉爾揚起纖秀的下巴，傲慢的微笑，「是的，我們來此不是為了蜷縮起身體棲身，而是為了伸展開肢體展現我們的力量！我們傳播高等的文明、帶來先進的武器，他們應當為此感恩，認識到自己的弱小，這些低賤的物種趕緊跪下來臣服在我們的腳下！」

小皇子越說越激動昂首。

「哈哈哈……」公主朱碧卡終於忍不住哈哈大笑，一面轉著圈在飛船艙壁上照著自己的身影。

「朱碧卡，妳在笑什麼？難道我說的不對嗎？」年紀不大的塞拉爾有些羞惱，道：「偉大的公主殿下，作為第二順位繼承人，也請妳為了烈薇的光芒做點有意義的事，不要再照鏡子了！」

朱碧卡悠然的轉到副螢幕前坐下，隨手一翻，點在幾名年輕男性的影像上，道：「我當然會做事了。我不是早就說過嗎？所有的男人交給我來搞定，所有的女人讓安蘇來應付，至於那些不男不女的嘛，就交給最厲害的你囉，塞拉爾殿下～～啊哈哈哈！」

塞拉爾稚嫩俊秀的臉變得通紅，一派羞惱。

……★……★……★……

夜旗軍主艦內——

棋盤上的對決與艦外的廝殺早已經落幕了。顏鈞凝視著桌上厚重的棋盤，回味良久，緩緩點頭道：「老師又給我上了一課。」

文大師笑著摸摸額頭，道：「唉，可累死我了啊，你這個小夥子果然是最凶的一個，做事十分認真，十二分賣力，我真是喜歡你啊。」

顏鈞嘴角一挑，不以為然的笑一笑，正要答話，主艦突然接收到不明對象的對接信號。他站起來，走到主控螢幕前識別信號，確認安全級別後連接信號來源。

「嘩啦——」

一名身著紫色長袍、身材頎長的年輕男性出現在全息螢幕上，藍色的長髮無風自動，彷彿隨著心情在起伏。該男性的表情漠然傲慢，瞳孔為碧綠的雙環，額頭上有一塊精緻小巧的晶體。

「你們好，我是迪里斯星系第一皇子安蘇。剛才的戰役非常精采。」他一臉言不由衷的勉強表情，「本殿下因而受到吸引，想來看看是怎樣出色的指揮家……」微微撇嘴，臉部變得有些僵硬。

「不巧發現是貝阿星系中最富盛名的文大師，我有一些仰慕。」說是這麼說，可安蘇仍是不屑一顧的表情，「所以希望可以與貴船對接，邀請文大師到迪里斯的母船上進行交流。」說完就開啟了對接程式，完全不等對方的回應。

顏鈞瞳孔一縮，一張冷臉與傲慢的氣焰與安蘇如出一轍。安蘇皇子一報出身分，他立即明白了文大師的目的，輾轉來到這個地方玩這麼一場……原來是這樣。

顏鈞神色複雜的看向笑咪咪的文大師，難道這位不卑不亢的大師也對權力產生了興趣，要在其中攪混水？他無奈的打開飛船對接程式，對文大師鄭重點頭，瞇起眼道：「老師……您又給我上了一課。」

文大師哈哈一笑，擺手道：「小夥子不要想太多。這世界上讓我感興趣的東西只有兩樣，一樣是我老婆，一樣是未知科學，湊巧這些來自外星域的人士有後者，這讓我心癢難耐啊，忍不住想提前向他們學習學習，你不要介意，不要介意啊！」

說完他就著急的站了起來，背著手朝對接艙門走去。

……學習學習？你以為本少爺會信？！嗤！

顏鈞皺起眉頭，提步帶著尉級以上的部下跟了出去，列隊等在對接艙的門口。

當平臺成功搭建、艙門完成對接、通道緩緩打開後，安蘇的藍色長髮率先飄了出來，三名優雅美麗的皇族立於艙門口，一抹疏離的淺笑掛在他們的脣角，碧綠的雙環瞳孔格外引人注目。

顏鈞眉頭微蹙，目光銳利的逐一掃視過去……嗯，一個都不認識。嘖，明明背了二十多遍還是分不清臉，看來這些迪里斯人長得比梁依依更模糊不清。他不耐煩的抬起右手，併腿敬禮，大聲喝道：「敬禮！」

「刷啦啦啦啦……」

身後是齊刷刷抬手的一長列。

顏鈞放下手，板著臉對站在最中間的人道：「很榮幸見到您，皇子殿下！」他猜這個肯定是大皇子安蘇，臉拉得最長，以後就用「馬臉」來進行辨識。

「幸會。」安蘇點點頭，但話卻是對著文大師說的。他不怎麼理睬顏鈞，手一揚，邀請文大師進去。

「哼，你可以回去了！」塞拉爾鼻子裡哼一聲，揚起下巴對顏鈞道。

顏鈞抬起眼簾看過去，一貫鋒利的眼神讓俊秀瘦弱的塞拉爾殿下哆嗦著退了一步，旁邊的朱碧卡立即笑出聲音，而來自胞姐的嘲笑讓塞拉爾瞬間臉紅，忍不住挺直背，回瞪顏鈞一眼。

顏鈞一臉莫名其妙，這一位臉這麼臭、張牙舞爪的，就用「貓臉」來標識，至於旁邊那個老是對他亂眨眼的女的，就叫「女人」了。

顏鈞完成了人臉標識，收回目光，對走進迪里斯飛船甬道的文大師說：「老師，我們就在駐地不遠處等候，老師完成了『**學、術、交、流**』後，請通知我們來接您。」

文大師脊背一僵，無奈的笑笑回頭說：「顏少爺哎，駐地那麼多飛船，我自己有辦法回去的，你放心你放心……」

「那怎麼行！」顏鈞面無表情的打斷他，「您是我**最敬重最重要**的老師，我怎麼送您過來的，我就要怎麼接您回去！」

文大師無奈的嘆氣，點頭說：「好好好……」他明白自己今天略施的這一小計，看來是惹到這位小祖宗了，龍鱗不可逆、虎鬚不可拔，看來不管是幼龍還是小老虎都一樣啊！一會兒回來一定要好好安撫表揚一下，他們顏家人都吃這一套……

站在艙門口，目送迪里斯皇室飛船走遠後，顏鈞臭著臉往主控室走，他對陸泉說：「今天的事加密加急，戰後呈將軍閱。另外給我查，查文大師……我真是想破頭也想不出來他為什麼要這麼做！還有！」

他突然轉過身，眼神直盯著陸泉道：「上次我讓你調查梁依依和卡繆的事，你昨天給了我一份什麼結論？！十萬字的抒情記敘散文，結論就五個字──『兩人無關係』？！」

他看似極其不滿意的怒瞪陸泉，其實對這幾個字真是愛不釋手、非常滿意。他早就料到了嘛，以梁依依的智商要是能在他眼皮下玩出花樣，那真是侮辱了他顏少爺的大智慧。

陸泉躬身道：「恕我無能，確實查不出什麼關係。」

「哼！行了！這事本少爺心裡有數！」

他大步走向主控室，軍裝口袋中的監控儀突然震動了，他腳步微頓，斜眼看了一下左右的陸泉和白恩，見沒人注意，於是拉出監聽耳麥塞進耳朵裡。

──蠢貨又打電話了，一天到晚打電話，本少爺很忙的啊妳這蠢貨！

★★★

梁依依捏著手機，難受的在床上輾轉反側，她又做夢了。自從卡繆上將要求她每天按時去監察處做檢討以來，這是她第二次做同樣的夢了，一定是身體出了問題！

這兩天她老是夢見一個形象模糊的男人，背對著她很猶豫很緩慢的脫衣服，衣服一件一件的掉在地上，他流線型的背肌拉伸，汗水流下來，然後男人轉身說了些什麼，眼睛幽深得像宇宙一樣，接著她就開始莫名其妙的興奮了，很不知羞的撲到他身上，抱住了他的腰，又勾住他的脖子不知道做什麼來著，還賴他懷裡不肯出來咧！

老天啊，薛麗景妳快接電話呀，梁依依要壞掉了……她不停的揉自己的臉。

「喂！梁依依同學，妳不是說今天要午睡，要養精蓄銳迎接明天的正式會演嗎？」薛麗景正在繪製白林學院的備用路線圖，以防止自己走丟。

「薛麗景、薛麗景妳認真聽我說哦！我要跟妳說一件事，但是妳絕對絕對不能說出去……妳要是說出去，我就再也不理妳了！」梁依依舔舔嘴脣，帶著一點哭腔說。

顏鈞一聽這哭腔就把臉一板。怎麼回事，什麼事這麼嚴重哭哭啼啼的？

薛麗景也有點被嚇到了，「啊？怎麼了？妳說妳說，別著急，要我過去嗎？」

「妳別過來，我當著妳的面肯定不好意思說……我……我……是這樣的……我……」梁依依猶豫結巴了好久，終於還是扭扭捏捏、顛三倒四的把事情說了，說完她特別提心吊膽的屏住呼吸，等待薛麗景的回答。

薛麗景沉默了好一會兒。

梁依依著急的追問：「妳說這是不是有什麼問題？會不會是因為連續做檢討，或者要會演了所以精神壓力大？所以才一直做同樣的夢！」

薛麗景悠長的嘆息一聲，用電視臺女主播字正腔圓的語氣，鄭重的道：「梁依依學員，我知道妳糊塗，但我沒有料到妳糊塗的程度已經足以讓我感到心痛……看來本大人有必要對妳傳授一些性知識，擔負起妳的生理啟蒙老師的責任了……妳這個問題呢，確實是個可大可小的問題，文雅一點說，是『思春』了，粗俗一點說呢，就是想、男、人了。」

想、男、人、了……想男人了……想男人了……男人了……人了……

梁依依兩眼一懵。這四個字突然變成回音，以立體環繞的音效在她腦內循環衝擊。

而顏鈞也瞬間呆了。

梁依依捏著手機空白了好久，突然用力擺手，拒不承認，「胡說八道！沒有，妳騙人！我做的可是同一個夢，一模一樣的，哪有這樣！肯定是有科學的解釋！」

薛麗景嘆氣，「這就是科學的解釋。做同一個夢的原因更簡單，這說明妳有心儀的對象呀，所以才很專一的夢到他。妳肯定與他有過親密的接觸，至少是見過他脫衣服或者是夢想著看他脫衣服吧？妳就老實招了吧，妳有沒有過一個這麼親密接觸的異性？！或者是極度渴望著的異性？！回想一下？」她壞心眼的停頓。

「我……」梁依依很想矢口否認，她明明連男學員的手都不碰的，但是她突然想到了顏鈞。在薛麗景的循循善誘下，她突然意識到她和顏鈞真的算是……有過……很親密的接觸了……

她捏著手機的手突然變得無力，有氣無力的輕聲說：「有……是有一個，就只有一個……可是……怎麼會……我以為他是朋友……」

她突然捂住臉，慢慢倒在床上，想把自己埋起來。

太羞恥了，連這麼具體的夢都做出來了，還反反覆覆的夢見他，在並不是要吃被套能量的時候……啊！會不會是因為餓所以才做這個夢的？可是，這兩天她一點也不餓呀！

電話那頭的薛麗景淡然一笑，輕飄飄的發起最後一擊，「事情已經很明顯了。那個唯一與妳有過親密接觸的特別男性喲～～妳深深的喜歡著他，肖想著他，想要得到他，他已經成為妳夢中唯一的性幻想對象——春夢，就是妳用身體在對他發出信號。」

「梁依依小朋友，沒想到妳的身體，要比妳的心靈更加誠實哦，哦呵呵呵呵～～～～」

「嘀嘟。」

薛麗景迅速掛斷了電話，抓起紙筆開始在宿舍裡跳舞。

哇哈哈哈！哇哈哈哈！好刺激，好八卦！好喜歡這樣把開心建立在梁依依的苦惱上啊哈哈哈……現在她會給梁依依一點時間消化這些勁爆內容，但等到明天，到了明天……咩哈哈哈哈！等待著她的拷問吧，小羊羔！

夜旗軍主艦內，顏鈞站在通道中央，聽著耳麥中的掛斷音，一動不動。

陸泉疑惑的回頭，看到少爺突然睜大眼睛停在路中央，臉上越來越紅，通紅欲滴，一直紅到脖子根，渾身熱氣騰騰，肌肉緊繃喉頭滾動，甚至有點不知所措的垂下頭，越來越呈現嬌羞狀。

耶?咦?!怎麼回事?陸泉震驚的回頭檢查自己的褲子、衣著和飛船內的環境。很正常啊，沒有什麼讓人不忍直視的羞恥內容啊——少爺他到底，出了什麼重大事故？！

……★……★……★……

白林學院，環形禮堂，後臺——

偽裝成工作人員的衛兵A、B、C、D，四人目光灼灼的緊盯著女更衣室，路過他們的人都投以「咦？」、「噁——」、「變態！」這樣的鄙夷眼神，但他們絲毫不為所動，偷窺女更衣室的意志好似鋼鐵！

一陣微風掠過後腦勺，衛兵A刷啦一下轉過頭，敬禮道：「少爺！」

衛兵B心驚膽戰的回頭一看，立即鄙夷道：「你夠了，少爺怎麼可能無處不在？他現在肯定在安排編隊布防和巡邏，也有可能在接受檢閱，反正不可能會出現在這個後臺。」

衛兵A癟癟嘴，自從那天晚上被少爺連敲了幾個栗爆之後，他就覺得少爺無孔不入，身後的每一縷冷風都是少爺。這兩天由於凶殘的卡繆上將頻繁干擾他們，梁小姐的監視記錄便缺了好幾份。

噢，太可怕了，等少爺這一陣忙完了回過神來，他們一定會被趕到滿蘇里黑森林去開礦的……

女更衣室內，薛麗景正在緊張的東翻西找，「確定嗎？梁依依妳再確定一遍東西都帶齊了？」

梁依依低頭看著腳丫，縹緲的低語：「齊了……」

薛麗景忍不住摸下巴，「但是我總覺得我有什麼東西忘了帶了？！這到底是怎麼回事？難道是我的高雅和淡定忘記帶出門了？！我覺得這是一種強迫症，妳覺得呢？」

梁依依捏著戲服的衣角，「嗯……」

薛麗景看她那魂不守舍的樣子真是恨鐵不成鋼，咬牙切齒道：「妳不要再想妳那點內分泌失調的私事了！會做春夢有什麼了不起，現在要關注更重要的事！妳看看妳，昨晚沒睡好吧？臉都水腫了！」

梁依依鬱鬱的噘起嘴，在穿衣鏡前照了照，低下頭道：「好吧，我是一個憂鬱的胖子。」

薛麗景真要暴走了，要不是這裡除了天痕的同學還有白林學院的人，她早就跳起來暴揍她了！

薛麗景沉痛的教育她，「梁依依學員！妳個人的問題只是一個小問題，團體的問題才是大問題！妳這事其實就是一顆不甘寂寞的卵細胞在鬧事，再加上苯基乙胺、多巴胺和後葉荷爾蒙在助紂為虐！等我們完成了這件重要的事情，我再細細的拷問妳，啊不是，是好好的幫助妳！」

梁依依瞥了她一眼，默默的低頭說：「我知道妳想把快樂的地基建立在梁依依煩惱的鹽鹼地上。薛麗景，這種快樂是不牢固的，我不理妳……」

薛麗景忍不住戳她的腦門道：「傻貨，提起精神來！來轉移一下注意力，看看這周圍，嘖嘖，看看這白林學院的禮堂後臺，看這環境，看這些學員長得真是豐富多彩啊，有高的有矮的，有四隻手的有三隻眼的，跟我們天痕軍校完全……差不多嘛……=_=」

薛麗景真想找出點新鮮不同的地方，但這種星際名校真的都差不多，除了校徽和制服顏色不同外，這些人的趾高氣揚都如出一轍。

正在整理道具、準備跟隨艾米麗出去的林姚聞言抬起頭，望了望周圍。

那位一直陪坐在她身旁，正在為她做簡單介紹的三年級女生疑惑的看了梁依依等人一眼，極其坦誠的問林姚：「為什麼這幾個平民看上去對妳一點都不恭敬？妳平時都是這麼縱容她們嗎？還有，妳為什麼要自己整理戲服和衣裝？難道那一位都不給妳安排些僕人隨行嗎？」她掃視了一圈更衣室內，輕聲問：「這些人裡面，沒有一個負責妳的起居和安危嗎？」

一句話說得林姚和薛麗景等人都愣了，艾米麗等人聽到這話也面露不悅，作為紫羅蘭家族的一員，她們都沒有在這時候耍嬌氣，這個地球出身的人又是憑什麼想恃寵而驕？

林姚沉吟片刻微微一笑，避重就輕的答道：「我們，都是戰友與朋友。」

對於那椿鋪天蓋地的緋聞，她本來是非常心虛的，也有些怕捅了天窟窿、觸怒顏鈞，所以但凡有人問起這件事，她都要極力解釋。不過自從她享受過特權與優待的滋味後，她就不再去做這些無謂的澄清了，反正解釋了也沒人會當一回事，因為顏鈞沒有闢謠。

沒有警告，沒有聲明，連輕描淡寫的訊息都沒有透露過，那麼這個態度會被所有人解讀為默認。

這讓林姚每日每夜輾轉反側，百思不得其解。如果顏鈞真的因此對她產生了興趣，那為什麼又對她不聞不問？也許……還有另外的可能？或許他實在太忙了，沒工夫理會這種瑣事？又或者他另有目的？

總之，她想不明白其中的原因，顏氏又對此漠不關心，那麼周遭人的美好態度和趨炎巴結，她就順其自然的接受吧。想來堂堂顏鈞，應該不會介意她一個女孩子占點小便宜。

一旁的薛麗景一聽這話，立即轉轉眼珠，反應很快的小聲對梁依依道：「梁依依，機靈點，我們去幫林姚！在外面，我們確實要注意林姚的身分，把她當公主一樣供起來，她畢竟身分不同嘛。而且無論如何，我們以後也不能再用老態度對待林姚了，妳在這方面有點缺心眼，我一時半會兒也跟妳講不清，但是有句話妳記住，平常心並不是人人都有的，有時候人一旦有了身分，就會被身分綁架。」

「一無所有時的朋友，也許會在富得流油的時候反目成仇，就算是朋友之間，有時候也要長些心眼、注意一下態度。」她鄭重的瞇起眼，以一副電視劇主角的語氣說：「這個世界啊，其實是十分凶險的，一步錯，就步、步、錯！」

梁依依以「=_=」的表情抬起頭，看了她一眼。

薛麗景帶著「我有智商我自豪」的優越感，帶頭走到林姚身邊，畢恭畢敬的幫她整理服裝，然後拎起置物袋，回頭對梁依依擠眉弄眼，跟著林姚和艾米麗等人往外走。梁依依也跟上去，拎起道具袋。幾人走出女更衣室，來到演員過場前等候的大休息間。

後臺之外，環形禮堂裡面熙熙攘攘，學生們正井然有序的按年級入場。

禮堂的座位呈扇形環繞著大舞臺，第一層被白林和天痕的學生們分區填滿了，而在凌駕於眾人的第二層上，蘭卡里布的內閣總理索羅恩正在星區執行官和校長的陪同下，笑咪咪的走進來，在最中央的位置落坐。

「今天的閱兵式真是讓我大開眼界啊！白林學院和天痕軍校，真不愧是艾芙蘭大星系群中優秀的軍校典範。」索羅恩向執行官和校長們微笑稱讚，還特意向坐在右側第四順位的達西．西蒙點頭致意。

在座諸人都不覺得意外，因為蘭卡里布星系本來就與西蒙家有著不可言說的密切關係。

顏鈞坐在左側第三順位，他的右手邊是卡繆上將，左手邊是埃爾。

落坐後，顏鈞把軍帽摘下遞給身後站著的陸泉，閃電蹲在他的左肩上，兩爪不停交換著，下面的人實在太多了，這新鮮場面讓牠十分躁動。

呀，好多人，好多人在朝拜本大爺！牠磨皮擦癢的在顏鈞耳朵旁邊蹭了一會兒，終究還是壓抑不住內心的騷動，「撲啦」一聲振翅飛起，歡樂的飛向禮堂上空，興奮的盤旋，邊飛邊喊：「跪下！跪下！都給朕跪下！」

「呼啦啦——」學生們以「(⊙o⊙)」的表情仰起頭看牠，騷動。

顏鈞：「……」

陸泉：「=_=|||……」

索羅恩：「……？」

顏鈞伸手捏了捏眉心，深吸一口氣，倏地起立對索羅恩彎腰道：「總理大人，非常抱歉，我的寵物突然有些失常。」

「哈哈哈！沒關係沒關係，很有意思。聽說你非常喜愛這隻桂冠金巴格？牠是你從小一起長大的夥伴對嗎？哈！非常有意思。」索羅恩笑嘻嘻的，不以為意。

顏鈞點點頭，朝閃電低喝道：「回來！老實點！」

閃電還在空中發浪。顏鈞不得已用能力將牠捆回來扔在地上，惱道：「別惹事，滾出去！」

閃電不樂意了，「我不滾，我不滾！」

顏鈞瞇起眼，陰狠嚴峻的瞪著牠。

閃電縮了縮翅膀，有些害怕，遲疑的在地上踮了踮爪子，哼道：「本大爺不滾，本大爺飛出去！」說完撲啦啦的飛走了。

經過這麼一場，下面的學生們都有些激動的使勁偷瞄二樓，特別是那些芳心萌動的少女們，頭碰頭的湊在一起，挨個數樓上的夢中情人，炙熱又嚮往的視線幾乎要將空氣融化。

埃爾左手支著額頭，目送閃電飛出去，笑咪咪的看了一眼顏鈞，突然道：「恭喜你。」

顏鈞瞥了埃爾一眼，不出一秒就明白了他的意思，升級突破這種事本來就不指望能瞞得了多久。他答道：「運氣好。」

埃爾意味深長的挑挑眉頭，咧嘴笑了笑沒再說話，轉頭將注意力集中到舞臺上。

演出，即將開始。

第四章✦選擇食堂的理由

「喔喔喔！」薛麗景撲在大休息間的反視膜玻璃上，不停的戳著感應玻璃牆，激動道：「顏、顏、顏、顏鈞！我終於見到活的了！梁依依快來看活的顏鈞！會動的！會動的！」

剛才有隻鳥飛到了禮堂上空，造成了一些騷動，讓休息間裡的人都注意到二樓那群不同尋常的人物。

梁依依脊背一僵，耳朵一立，作賊心虛的說：「啊？顏鈞？顏鈞是誰？我跟他不認識，一點關係都沒有，完全不熟！」她以浮誇刻意的演技表演了半天，小心翼翼的回頭一看，發現薛麗景正在張牙舞爪的自high，完全沒在意她。

「誰說你們認識了，我是讓妳來看帥哥排排坐啊！有那個誰、那個誰，還有那個誰啊——媽呀我的口水！妳不來看算了，這裡看不清楚我去隔壁看！」

薛麗景把手中的音樂耳機扔給梁依依，一馬當先跑到隔壁休息間花痴去了；艾米麗等人表面上對她的行為嗤之以鼻，實則趾高氣揚的默默跟了出去；林姚眉頭輕蹙了下，也悄悄溜了過去。

梁依依猶豫的撓了撓臉。實際上，撇開她的心事和做夢的因素不說，經過這麼多天的殘酷分離（？），她還是很思念顏鈞……以及他的能量。於是她也湊到玻璃牆邊看熱鬧，但那裡已經堵了一排人，當中有三個特別高大、戴著奇怪玻璃頭罩的漢子，那頭罩還是魚缸樣的，裡邊還養了斑斕的金魚，真潮。

梁依依踮起腳尖亂擠了會兒，完全擠不進去，於是戳戳三位魚缸大漢的肩膀道：「同學，能稍微挪一下嗎？你們的魚缸頭盔有點大……」

前面三位齊刷刷的轉過頭瞪她，發出氣壯山河的機械音——

「妳說什麼？！」

「村姑！」

「土貨！」

「妳說這是魚缸？！妳怎麼能把我的私人水域別墅當成魚缸！」

「我們是魚嗎？！這是魚缸嗎？！」

梁依依被罵得張口結舌，朝他們定睛一看，不禁愣住了。

原來這三位壯漢的身體都是機械的，頭上的球形玻璃缸裡面才是本體，本體正是一尾斑斕漂亮的魚，正鼓著兩顆大眼珠憤怒的瞪著她，每說一句，玻璃缸上都會以通用語字幕顯示出那句話。

……你們，不是魚嗎？梁依依陷入了深深的迷思。

她呆了一會兒，回過神來，非常抱歉的說：「對不起，我的知識特別有限，只看外觀的話經常分不清物種區別，譬如不下嘴吃的話，我老是分不清鱘魚和鮰魚的差異……」

「哦，天啊！她提到了吃魚！」

「她是個食魚族！嘔——」

三名大漢極其厭惡的後退一步。

梁依依一看越說越不對，趕緊手忙腳亂的連連道歉，好不容易把他們安撫下來。三名壯漢彆扭牽強的原諒了她，勉強留出一個空位讓她看熱鬧。

梁依依把頭擠在中間，抬頭看一眼，這三位還吐著泡泡低頭瞪著她。

「你們好。」梁依依乖巧一笑，「我叫梁依依，請問怎麼稱呼？」

「哼！」

「嗤！」

「呸！」

……好吧好吧。梁依依默默的按順序記下來，不告訴她就不告訴她，以後你們就叫「哼同學」、「嗤同學」和「呸同學」。

哼同學伸出機械手觸摸感應玻璃牆，將其聚焦到二樓，把達西的正臉放大看了半天，不屑的說道：「這就是人形物種中的英俊雄性？」

嗤同學道：「哦，他醜得讓我不忍心看第二眼！他的嘴不夠大，咧開也沒有性感的尖牙！」

呸同學的語氣很沉痛，「我覺得他的皮膚太單調了，像刮了鱗片的光皮，真可憐。」

「呃……」梁依依張了張嘴，欲言又止。

哼同學又開始品評埃爾，搖頭道：「這一個還稍微有點美男子的樣子，他有胖頭族的圓臉，咧開嘴有兩顆大鮫族的小獠牙，可惜的是他嘴邊有兩個窩狀的疤痕，一定是進化不完全的鰓。真可惜。」

「嗯……」梁依依再次張了張嘴，欲言又止。

嗤同學又將感應玻璃牆的聚焦對準了顏鈞，三魚認真一看，齊齊震驚的甩尾，「哦天哪，這是最醜的一個！」

「看他斜挑的黑色眼睛，就像最可怕最嚇人的峽谷深潭！」

「嘔——就像得了黑內障一樣！」

「還有他乾扁的身材，他連一丁點渾圓凸起的大肚子都沒有！」

「呃(⊙﹏⊙)……」梁依依看了一眼顏鈞那雙漂亮深邃的桃花眼，回想了一下他結實有力的好看身體，嘴巴動了動想反駁來著，但終究沒說話，她深深明白跨物種的審美是沒有共識的。

她伸出一根手指在顏鈞放大的側臉上戳了戳，看著他高高在上的、拒人於千里之外的表情，突然有一點明白了。

他跟自己畢竟是不一樣的。他想不理自己就能夠徹底不理了，連他們之間深厚的（？）朋友交情都不在乎了，所謂「呼之即來，揮之即去」就是這個意思吧。梁依依憂鬱的低下頭，從哼、嗤、咊同學的機械胳肢窩裡鑽出來，將薛麗景的那副音樂耳機戴上。

她的節目排在第七個呢，還早得很。她決定聽從薛麗景的建議，先聽聽話劇裡的背景音樂，找一找伸展的、藝術的、樹的感覺。

……★……★……★……

環形禮堂的二樓——

顏鈞微微往後靠，左手按著耳麥切換頻道，時而換到本次安保工作的專用頻道，時而切換到衛兵A、B、C、D的內線。他右手捏著一份節目單，那棵樹的話劇排在第七個，名字還非常奇怪，叫……《雷雨》？！他們到底要演什麼啊？！

卡繆面無表情的坐在他右邊，正直嚴肅的平視前方，欣賞著大合唱，眼珠以旁人無法察覺的角度偷偷斜瞟了一下顏鈞的節目單，少頃後，他也默默拿起自己那份，不著痕跡的看一眼某個話劇節目。

此時，舞臺上的大合唱正進行到最高潮，突然不知從何處飄來了輕緩的音樂。

在美妙悠揚的音樂聲中，領唱的張嘴動作突然變得緩慢，合唱團人員就像沒了電的玩具一樣，僵硬、降調、走音，最後集體定格在誇張的O型嘴狀態。

顏鈞感到大腦變得遲緩呆滯，然後渾身僵硬，無法自控。

電光石火之間，整個大禮堂彷彿全體陷入了舒緩美妙的音樂之中，僵硬不動，沉寂不語……雖然耳中除了這音樂什麼都聽不到，但顏鈞總感覺他聽到了熟悉的火力鎖控聲——

「嘟叩……喀嗟！」

「轟隆隆隆——！」

突如其來的猛烈炮擊轟然掀開禮堂的穹頂，幾十臺重型機甲有如神兵天降般從空中俯衝下來，架起大型麻醉噴劑的炮管，對準環形禮堂的中央——

我靠！顏鈞震驚的睜大眼，瞬間激發β能量覆蓋全身，強行阻斷聽覺，抵禦僵硬，然後打開了手腕上的徇光機甲！

徇光機甲在機變聲中快速進入了第一形態，由手臂往上瞬間包覆全身！

顏鈞有如一顆出膛的炮彈般衝向空中，完成了第二形態的重型組裝！一排光磁錸霰彈出現在他的左右手臂上，他展開雙臂，對高空中向他集中火力射擊的敵人大吼一聲：「給我下來！——」說完振臂一揮，兩排光磁錸朝天空中攔腰截去，短暫破壞了對方機甲的制動。

敵方機甲凌亂的下墜了三秒，進攻節奏被打斷，與此同時，門奇等人早就呼嘯而來，分頭馳援。

顏鈞一邊迎敵、一邊打開耳麥向安全編隊發號施令，但他發現不僅編隊下屬完全沒有回應、連換幾個頻道都毫無音訊，而且一旦開放聲音聽到音樂，身體就重新僵硬，他只能徹底關閉了音訊。

看了一眼下面僵硬的人群，顏鈞算是明白這些普通人——看來是靠不住了！

梁依依正在大休息間內，擺了個樹的姿勢聽音樂，突然那邊的哼、嗤、呸同學像被針扎了一樣齊齊跳起來，然後跟沒頭蒼蠅一樣驚慌失措的亂跑。

梁依依疑惑的靠近他們，伸手拍一拍嗤同學的機械肩膀，正想摘下耳機問話，哼同學突然衝過來按住她的手。

「什麼？」梁依依不明白，偏頭一看，發現其他同學就跟玩殭屍木頭人一樣全都不動了。

嗤同學在他的魚缸裡，哦不是，是在私人水域別墅內緊張的游來游去，「別墅」玻璃上出現了一行通用語字幕：「別摘耳機，有敵襲，音樂中有針對智慧生物的干擾素編碼，腦細胞的神經遞質會被擾亂blablabla……」

好多複雜的科學詞彙啊，梁依依的通用語水準有點不夠用了，但是「有敵襲」這個資訊她徹底看懂了，一瞬間兩條腿就軟了，咬著手指跟著哼、嗤、呸一起驚慌失措的亂轉起來。

就在這四根廢柴毫無建樹的浪費時間之際，休息間的超強化玻璃牆被轟然捶破，一架三公尺高的機甲將所有的玻璃牆體全部破壞了，俯下頭來在禮堂內搜尋。

「呀——」

「咕嚕嚕——」

梁依依大聲尖叫，哼、嗤、呸用力吐泡泡，一人三魚跳起來瘋了般往外跑。

機甲彷彿是在搜索什麼，對梁依依這種小雜魚完全不在意。

梁依依跑了兩步就看到全身僵硬的薛麗景，她大喊一聲：「薛麗景！快閉上嘴不要聽！」然後一把捂住她的嘴，拽住她的右手，拖著她往外跑。

僵化的薛麗景呈拖把狀被梁依依和呸同學聯合拖著，拖過了更衣室，拖過了後門走道，用身體拖乾淨了後臺一寸又一寸的地面……

一口氣跑出大禮堂衝進花園草坪裡，眾人喘口氣，反射性的回頭看，卻發現天上正黑壓壓飛來一群機甲和飛船！漆黑的機身上出現了刺目的光斑——那好像是準備射擊的光炮炮口！

「呀——」

「咕嚕嚕嚕——」

梁依依再次尖叫，哼、嗤、呸再次吐泡泡，他們慌不擇路的繼續往遠離火力的地方亂跑。就在薛麗景繼續拖地的短暫旅途中，梁依依看到了正在對面樹枝間驚慌撲翅、茫然亂飛的三毛！

「三毛！」梁依依使勁揮手，用力拿石子丟牠，這才引起了牠的注意。

身披藍色機甲的傲嬌鳥兒驚慌失措的朝她飛來，一下撲進梁依依的懷裡，翅膀縮緊，害怕得直哆嗦。

「別怕別怕，哦哦，別怕——」梁依依溫柔的拍了拍牠堅硬的機身，雖然她自己都聽不到自己在說什麼，但還是習慣性的說話。

兩人三魚一鳥躲在某資訊館的屋簷下，哼同學繼續打字幕說：「主要通道都被封鎖了，那邊有兩個地方沒有火力，一個是食堂、一個是教學樓，我們躲去哪兒？」

嗤和呸各抒己見。

嗤同學說：「我認為敵人並不是想殲滅禮堂內的學生，剛才那名敵方機甲戰士好像是在找什麼東西，不是為了殺人而來，所以我們只要小心低調的不惹事，一定可以保命逃跑！隨便去哪兒，趕緊躲起來吧！」

呸同學很激動的在魚缸內轉圈，堅決反對逃跑，「目前那些巡航者們正在一個打幾十個，艱難迎戰，而普通人已經全都僵硬了，只有我們這種沒有鼓膜、不直接接收外部聲音，一切靠機械的幸運兒……以及旁邊這個食魚族廢物沒有僵化了。作為目前唯一可以行動的有聲力量，我們沒有殺傷力，就應該自覺的肩負起通信兵的責任。現在我們該做的事，是想辦法將校內情況傳遞出去，向本星區的駐軍報信！」

兩魚激烈的吐泡泡爭吵，互不相讓，哼同學只好問梁依依：「妳覺得呢？去食堂還是教學樓？」

梁依依想都不想的說：「去食堂！」

哼同學問：「理由？」

呸同學恍然大悟，「說得對！食堂要進出、採買食物，所以可能有溝通外界的管道，不管是傳遞消息還是逃跑，都有機會！」

梁依依趕緊將「如果活不下去了我想吃最後一頓」這個糟糕的理由嚥了回去，不停的點頭說道：「對對，我就是這個意思！」

哼同學道：「同意，那就出發吧，英雄們！」

於是一人三魚一鳥的英雄組合，拖著地上的薛麗景，彎腰縮頭朝著食堂猥瑣且勇敢的前進著……

……★……★……★……

廣場的樹叢邊，卡繆站在蜘蛛戰車上。他退出了機甲形態，任憑身體變得僵硬，認真的感覺著這詭異音樂的聲波網，門奇無奈的在他附近保護他。

還沒發現音源？門奇瞇了瞇眼睛，不屑的瞥一眼這位號稱「資料化能力出神入化」的大將。他不耐煩的抽出腿彎上的黑核雙刀，猶如閃電般朝著被埃爾轟倒在地的敵人飛馳而去，只見一道殘影颼颼掠過，敵方機甲的一條手臂就被凌空切斷，甩出了一群驚慌四散的蟲子。

埃爾很不領情的瞪了兄長一眼，架起大型狙擊槍對著地上亂跑的蟲子和機甲一頓狂轟。

「這群內立卡星系的『蝗蟲』海盜源源不絕，到底是誰雇他們來的？！」在空中的顏鈞咬牙切齒的控制著八艘守衛者飛船，驅趕著不斷靠近大禮堂的敵方。

比起內立卡星系的蟲族海盜，他們可活動的人實在太少了。

內立卡蟲子中，只有衛戍長和長老以上級別的才有完整的大腦，其餘的都是靠上級傳遞的費洛蒙聽從指揮，機甲中的每隻蟲子都像一顆細胞或者一個器官，不知疼痛、無所畏懼，他們的王后每秒鐘就可以生出幾千粒卵，危機時刻還能無性生殖！如果不破壞干擾音源、解放其他人，就憑他們幾個來抵禦源源不斷的蟲海，人實在是太少了！

廣場邊，卡繆重新讓β能量包覆全身、抵禦僵硬，他嘆了一口氣，這張聲網張開得太久了，其振動已經相當均勻，找不出振源在哪裡，除非它能停止片刻……

他看了一眼本來在廣場邊埋伏、準備偷拍的八卦記者，下戰車推開了一個僵化的攝影師，檢查了一下他的攝錄設備。果然沒錯，敵人不僅使用聲波干擾武器大幅削減了他們的可戰鬥人員，而且還使用電磁干擾影響了對外信號的傳遞。

這些內立卡海盜的戰鬥力並不強，但他們有一個特點，數量巨大、非常難纏，他們的戰鬥方針看來已經非常明確了——纏住巡航者不讓他們突圍出去，干擾電磁信號不讓他們聯繫外界，一直在似是而非的攻擊著校園，這絕對是別有目的！那麼他們的目的到底是什麼？！

白林學院的教員食堂——

在廚房旁邊的小廳內，有三架半人高的機甲守衛著一臺極其重要的深棕色機器。

一名身披尖銳戰甲的衛戍長從外面飛回來，聲音帶著喜悅，向親自出征的本族大王彙報——

「王，王！我們已經綁走了名單上三分之二的人！貝阿星系中，大部分的貴族後代、五系軍閥中要員的孩子們，基本上已經被綁上運輸艦了！」

一臺機甲的後腦「卡滋」一聲打開，從裡面爬出一隻半個巴掌大的深棕色蟲類，牠興高采烈的人立起來，前額的觸鬚相互搓著，揮舞著幾隻腳道：「哈哈哈哈，誰說我們米窸蘇窣西里斯一族是愚蠢的匪類！他們有巡航者又怎麼樣？數量才是力量！他們把所有精力用在保護同胞上，完全沒有發覺我們的真實意圖吧？這一次我們的綁架行動大獲全勝！」

「全勝！全勝！」衛戍長興奮的跟王一起搓觸鬚。

「這樣看來，我們偽裝成低等的『蝗蟲』混進食堂裡，也不是什麼不能忍受的屈辱了！多虧多德人提供了三段人形智慧生物的普式基因編碼，我們破譯了他們大腦的電衝動傳遞規律，在聲音中編入了干擾程式。哈哈哈！有了這樣的武器，以後我們再也不用害怕這些自以為是的人形了，我們內立卡人本來就應該是有聲世界的強者，哇哈哈哈！」

幾名長老級別的成蟲打開了機甲座位，從機甲的胸腔等處鑽出來，互相觸碰著觸鬚交換喜悅情緒，向大王搖擺著觸鬚敬禮道：「大王威武！大王必勝！」

透過高等蟲族間觸鬚的觸碰和搖擺，代表喜悅和鼓舞的費洛蒙在空氣中傳播開來，讓戰場上所有的低等蟲族精神亢奮、鬥志昂揚！

「傳遞命令！」王挺起了自己的大肚子，異常振奮的說：「讓戰士們再堅持八分鐘，八分鐘後，全體戰士們帶上嬌貴的貝阿人撤退！哈哈哈，這一票成功後，奈斯小太子會付給我們大量的紫色核晶和十兆噸的糖！十兆噸的糖啊！我們米窸蘇窣西里斯一族又可以盡情生育，迎來強盛幸福的新一代了！」

「生育！生育！新一代！」眾蟲歡呼。

王的觸鬚搓了搓，看了看四周，從機甲頂上溜下來說：「啊，反正就快要勝利了，就讓本大王率先慶祝一下吧。甜食，啊～美妙的甜食寶貝，我來了！」牠什麼防具都沒穿，就準備奔向廚房。

「王！要小心啊！」衛戍長不放心的跟了上去。

「放心吧，為了迎接這個狗屁總理，所有人都集中到禮堂去了哈哈哈！」

梁依依與哼、嗤、呸同學一起拖抱著薛麗景，小心翼翼來到食堂後門。三毛本來一直蹲在梁依依的肩頭瑟縮發抖，可一旦離開了火力區來到安全的地方，牠就神氣活現、精神抖擻的活過來了。牠嫌梁依依走得慢，極不耐煩的在她肩膀上踩了兩下，便「撲」的一聲展開翅膀朝食堂裡面飛去──聞到了！本大爺聞到了！本大爺聞到巧克力和甜食的味道了！

「哎，三毛！」梁依依拿這隻好動的鳥真沒辦法，只好讓嗤同學帶著薛麗景隨後過來，自己則小跑跟了上去。

廚房內的大料理臺上，準備著數不清的精緻糕點、巧克力零嘴等，蟲王咻咻咻的爬上料理臺，一頭扎進了幸福的甜食海洋中，牠正沉淪在美妙的糖分中無法自拔，忽然不知道哪裡掠過來一道勁風，一對大爪輕輕落在牠身旁，蟲王窸窣的擺動著觸鬚抬起頭，只見一張碩大無比的彎鉤鳥嘴朝牠啄來……

衛戍長與一名長老剛剛抵達廚房門口，就看到一隻鳥以迅雷不及掩耳之勢飛過來，俐落的啄食了蟲王吞下去——

衛戍長：「@%￥&￥#&＊——！」

長老一副心肌梗塞貌：「呃呃呃——！」

梁依依：「哎呀～」她一跑進來就看到三毛在亂吃東西，她走過來拍拍三毛的頭道：「三毛，不要亂吃東西，蟲子髒。」

衛戍長：「@%￥&￥#&＊——！」

長老繼續心肌梗塞貌：「呃呃呃——！」

在牠們身後，另一名趕到的衛戍長終於搓著觸鬚尖叫著跳了起來：「大王！大王被吃了——」

大王被吃了……王被吃了……被吃了……吃了……了……

驚恐的費洛蒙被迅速傳遞開，旁邊廳內的所有蟲族震驚了一秒，立即驚慌失措的鑽了出來，眾蟲猶如失去觸鬚般迷茫慌亂，像剛出母體的幼蟲一樣四面亂跑、相互觸碰著觸鬚，機甲被拋棄在原地，操縱聲波武器的長老也鑽了出來朝廚房迅速奔來……

廣場邊，閉著眼的卡繆倏然睜眼——停了，聲音突然停了。他迅速沿著資料的不平衡點向下游追去。

不出三秒，他打開耳麥對全體人員廣播道：「已經找到聲波干擾源，全體立即就位，請艾文中將全權指揮前線戰鬥，顏鈞與達西等堅守戰鬥崗位，埃爾及門奇跟我去控制干擾源！行動！」

埃爾和門奇聞言立即收起機甲的第二形態，跟在卡繆上將的蜘蛛戰車後，朝聲源地撲去。

食堂廚房內，梁依依有些呆滯的站在料理臺邊，驚訝的看著前方突然竄出來許多的……蟲……有黑有藍有白有棕，還有穿著小型戰甲的、背著榴彈炮和鐳射炮的……

牠們著急慌忙的瞎跑了一陣，突然不知道怎麼的，彷彿統一了思想般，一對綠豆小眼惡狠狠的盯向梁依依的方向。

三毛正在料理臺上扭來蹭去，梁依依突然有些毛骨悚然。蟲，她最怕蟲了……

一名長老將觸鬚朝天碰了碰，大喊一聲：「殺了他們！為大王報仇——」

「為大王報仇！為大王報仇！」

一名衛戍長架起了背上的小鐳射炮，率先對準了三毛。

梁依依倒吸一口冷氣，腦中一片空白什麼都沒想，抱起三毛就朝料理臺下鑽去，可是下面正有一片蟲族等著她呢，黑漆漆的霰彈口瞄準了她笨拙的身影——

「我的海神啊！」哼同學率先來到梁依依身後，他發出了厚重震驚的機械音，然後反射性的一把拖開梁依依為她擋了一下。

炙熱集中的鐳射射線和霰彈射穿了哼同學的機械假體，梁依依被推搡到角落，蟲族們再次朝她架起武器，就在這千鈞一髮的時刻，廚房的一排大窗突然「嘩啦」一聲齊碎，兩名從天而降的機甲戰士橫衝直入，在他們身後，是站在蜘蛛戰車上正皺著眉頭看向梁依依的卡繆……

梁依依睜大雙眼，看著哼同學身上焦黑冒煙的大洞，看著他冒煙的屍體，渾身顫抖不已，眼淚瞬間就汩汩的流了下來，她抬起頭看到卡繆，不自覺的眼含祈求的盯著他，朝他爬過去……

卡繆上將的瞬間記憶只定格在那位學員眼淚汪汪的盯著他、撅著屁股朝他爬的愚蠢時刻，當他再次回過神，他已經穿上機甲進入第一形態飛在半空，那位學員被他摟在懷裡，正在頻頻抹淚的嚎啕大哭。

他木然的在空中停頓一秒，感到一些自我厭棄，然後臉色一正，對下面的埃爾和門奇說：「保護下面的學生，注意留下衛戍長以上級別的蟲族活口，不要弄壞了隔壁的聲波武器。」

梁依依緊緊抱著卡繆的脖子，把頭狠狠埋在他脖頸側，極其悲愴的往他身上擦眼淚，她看了一眼下面，抖著手指向門外逐漸回過神來的薛麗景和被洞穿的哼同學說：「要救他們……」

「這麼點愚蠢的蟲子海盜，鬥奇一隻手就能收拾了。」卡繆陰沉的臉略顯不屑。

梁依依又指指哼同學肚子上的大洞，「他……為了，救我……嗚嗚嗚……」真是慘絕人寰，痛徹人心！

卡繆對這位學員的見識之淺薄再次感到不悅，他蹙眉道：「這不過是維列夫星人的機械假體而已，很多水生族類都用這個，壞了可以再換一個。」

「哎喲，哎嘿嘿，轉死我了……」地面上，哼同學在他的魚缸裡，哦不是，私人水域別墅裡轉圈，魚缸在地上滾來滾去，一不小心也壓死了幾隻低等蟲族。

梁依依看一眼下面滾得不亦樂乎的哼同學，默默的收回哭泣的表情，把白流的眼淚擦乾。

她低下頭，看了一會兒兩位機甲戰士百無聊賴的虐蟲大戰，鬆了口氣，心悅誠服的對卡繆上將說：「他們確實很厲害。」

卡繆立即偏開頭，她說話時離他的耳朵太近了，潮熱的呼吸和驚恐未平的氣息聲，讓他的耳部溫度提高了一至二度。當然了，這當然是極其正常的自然生理反應。

而在白林學院的上空，顏鈞已經帶領著安全編隊對潰不成軍的蟲族發起了三輪圍剿，並完全困住了牠們的攻擊飛船和運輸艦等，救出了上百名身分特殊的學員——聯盟資源總署司長的兒子、夜旗軍總務負責人費奧娜中將的女兒……

顏鈞皺眉看著這些人從運輸艦中一個個跳下來，心頭越來越沉，蟲族綁架這些人，其背後的可怕目的簡直不敢想像。

「艾文中將，這件事是否已通知聯盟總司令部？」顏鈞打開耳麥詢問白林學院的副校長艾文。

「已經報告了。」艾文答。

顏鈞沉吟片刻，打開耳麥詢問埃爾：「你那邊怎麼樣？」

「——很無聊。」埃爾正蹲在地上，用廚房裡做糖球的軟線將衛戍長以上的蟲子們都綁起來，省得他無聊又殘忍的哥哥把牠們都殺光了。

「哦不，你違反了宇宙智慧生命保護法！」

「蟲權！你侵犯了我的蟲權！」

「哦，好疼！打蟲不打臉！哦，不准捆我的下面！」

被捆成一串的蟲子們聲嘶力竭的譴責他。

「什麼東西？什麼亂七八糟的聲音？」顏鈞為這些噪音皺眉。

埃爾乾脆打開全方位視訊道：「你自己看吧。」

顏鈞將視訊的全息畫面彈出來，不經意的瞥一眼，頓時全身僵硬。

他沒有注意滿地的蟲子，也沒有注意周圍的環境，他只一眼就注意到在廚房的穹頂處，卡繆那頭禽獸正強行抱住梁依依那個蠢貨不知道在做什麼，梁依依輕薄的綠色戲服已經被拉扯得衣不蔽體，一雙白腿全部露出來了！卡繆的手，他的手，放在她的大腿上！大腿上！蠢貨指著地面想要下來，禽獸居然不准！

什麼——！

顏鈞表情猙獰的打開飛船門，從高空中一躍而下，在空中迅速裝甲，以一個漂亮的因瓦特迴旋躲過兩艘飛船，如同飛矢流星般朝著食堂疾掠而去……

在廣場的樹叢邊，肢體恢復正常的攝影師看一眼天上瀟灑矯健的顏鈞，對主持人穆勒說：「大嘴，我們是趕緊跑還是繼續追新聞？我沒想到八卦節目也有生命危險啊！」

「嘖，要是剛才閱兵式的時候他們給我們足夠的時間問問題，我們需要在這裡蹲著嗎？既然危機都過去了，當然是繼續追新聞了！走，跟上去！」

第五章✦無腦番外：賣萌的小女孩

寒冷的冬天，有一位衣著襤褸、身體瘦弱的小女孩在街上走著。她提著一只小籃子，腳上穿著一雙破了洞的布鞋，她一邊走、一邊小聲的喊著：「賣萌啦，賣萌啦……上好的萌，兩塊錢一斤……」

不過沒有人理她，整條大街上都沒有幾個人，人們裹緊大衣穿過風雪長街，匆匆走過她的身邊，迫不及待要回去他們溫暖的家。

然而小女孩卻不能回去，她還沒有賣出去一個萌，重病的奶奶還在家裡，等著她賣萌換回的麵包和藥。

小女孩縮在牆角，小聲的、越發虛弱的喊著：「賣萌啦……」

就在小女孩快要凍暈過去時，一位穿著貂皮大衣和馬丁軍靴的英俊大少爺猛地跳了出來，沉聲大吼：「誰在賣萌？！吵死了！」

小女孩頓時露出飽含希望與解脫的笑容，顫抖著手揭開小籃子，然後著急的抱住英俊少爺的腿說：「大哥哥，你可以買我的萌嗎？很軟很軟的……」

大少爺嫌棄的抬起下巴，瞇眼盯著她玲瓏有致、貼在他腿側的胸部，突然邪魅狂狷的一笑，說道：「妳就是一隻萌！妳要賣、我就買！哈哈哈哈……」說完把她抱走了。

梁依依打了一個哆嗦，從噩夢中醒來。

……★……★……★……

寒冷的冬天，有一位衣著單薄、身體柔弱的小女孩在街上走著，她提著一只小籃子，腳上穿著一雙破了洞的布鞋。她一邊走、一邊小聲的喊著：「賣萌啦，賣萌啦……上好的萌，兩塊錢一斤……」

不過沒有人理她，整條大街上都沒有幾個人，人們裹緊大衣穿過風雪長街，匆匆走過她的身邊，迫不及待要回去他們溫暖的家。

然而小女孩卻不能回去，她還沒有賣出去一個萌，重病的奶奶還在家裡，等著她用賣萌換回的麵包和藥。

小女孩縮在牆角，小聲的、越發虛弱的喊著：「賣萌啦……」

就在小女孩快要凍暈過去時，一位穿著筆挺軍裝、外披白袍的先生緩緩從長街盡頭走了過來。他在不遠處盯著小女孩看了一會兒，低聲說：「我買。」

小女孩頓時露出飽含希望與解脫的笑容，她顫抖著手揭開小籃子，數了數籃子裡的三斤萌，小心翼翼的說：「先生，一共六塊錢。」

那位先生半天沒說話，只半垂眼簾，認真盯著她。

小女孩怕他後悔，緊張的說：「其實，五塊，五塊錢就可以了……四塊五也行……」

先生拿出一張一百元鈔票，放到她籃子中說：「我給一百。」

小女孩立刻搖手，「不，先生，我找不開……」

先生沒有搭理她，口中自顧自的計算：「一斤萌兩塊，一百塊是五十斤，減去三斤萌價值六塊，妳還欠我四十七斤萌。」

他目測了一下小女孩的體重，有點勉強的說：「就用妳抵債吧。」說完把她抱走了。

梁依依打了一個哆嗦，從噩夢中醒來。

第六章✦基情滿滿

僵直的薛麗景正在逐漸恢復知覺。

她伸手摸摸有些嗡嗚的耳朵，揉了揉不知為何變得火辣辣的屁股，捶了捶莫名其妙被撞疼的下半身，然後睜開眼，接著她看到了一連串挑戰她嚴謹邏輯感的東西——

首先是一條魚正以經典的男主角抱軟妹的姿勢抱著她，她斜倚在這條魚懷中，魚朝她吐了一串泡，然後關切的問道：「妳沒事吧？」還自帶字幕。

——馬的這什麼玩意啊？！

其次她又看到慵懶不羈、高貴俊逸的門奇少爺就站在她旁邊，正拿著一把看上去很跩的黑色電光刀，以優雅又懶散的動作在……戳一隻蟲？！

——戳一隻蟲？！天啊大少爺你這是什麼出場啊？！

然後她又看到了什麼？！她又看到了什麼？！她看到魔王上將正抱著梁依依從天而降，還是偶像劇裡飄花瓣的緩慢節奏？！

老天，現在她基本上可以確定了，要嘛她就是病了，要嘛她就是做夢了！

3.17公尺的半空中，卡繆正垂眸看著一片狼籍的地面，一邊褪去身上的機甲，一邊抱著長163.37695公分、寬35公分、體重46.5公斤、體表溫度攝氏36.5度的梁依依緩緩下降，那表情不怎麼明亮愉快。當然了，他的表情也從來沒有明亮愉快過。

當下降到兩公尺的高度時，卡繆一直微斂的睫毛突然顫動，一陣罡風撲面而來，猛烈的衝擊力突然由左側掃來，猝不及防的他直接被撞開幾十公尺，撞碎了半堵二十級防震牆和幾棵勃爾特樹，直到他反應過來才堪堪停住身體。

空中迴盪著對方因超音速飛行而傳來的嗡鳴聲。

一名進入第二形態的機甲戰士氣息黑沉的浮在半空，手裡橫抱著剛才一把搶過來的梁依依，他胸膛起伏，戰意洶湧，凶光畢露。

梁依依忽然被人攔腰朝下抱著，不舒服的掙扎起來，「哎呀，腦充血了，胃頂著了，換個姿勢好嗎？這樣不舒服，等會兒吐你一身。」

顏少爺的滔天大怒被她打斷了片刻，他換了個姿勢，讓梁依依側靠在他懷裡，右手抱著她的腿彎，手掌惡狠狠的按在剛才卡繆按過的地方，然後他撤去頭部機甲，劍眉緊擰，繼續朝卡繆釋放出洶湧澎湃的殺氣。

「啊？顏鈞？」梁依依一見是顏鈞，便伸出手勾住他的脖子維持平衡。

顏鈞沒好氣的瞥她一眼，順著她的動作調整左手，準備抱她的腰，手指還沒碰到衣服，梁依依就突然一扭腰、毫無徵兆的哈哈大笑起來。

顏鈞一怔，「神經，傻笑什麼？！」

梁依依扭一扭，離顏鈞那隻左手遠一點，鄭重的說：「我說過了，不要靠近我的癢癢肉。」

顏鈞不耐煩的瞪她，「就妳毛病多！」

梁依依不承認，「不是毛病多，你也有癢癢肉，人人都有。」

「本少爺說過多少次了，我沒有那玩意！」

「你有。」

「我沒有！」

「你有，就是有。」

「我說沒有就是沒有！」

兩個人於是開始吵，在梁依依的帶領下一路跑題，從「癢癢肉、腹外斜肌」吵到「梁依依有多少塊肌肉」；顏姓辯友認為「梁依依身上沒有肌肉、都是懶肉」，梁姓辯友拒不承認，她說她至少是有咀嚼肌的。

門邊的薛麗景此時已經震驚得一臉麻木了，剛才她不過眨一眨眼，夢裡的魔王公主抱就變成了「顏鈞VS梁依依」這個組合，她真是太有想像力了，而且梁依依還在跟顏鈞比肌肉，就她身上那群無組織無紀律的軟肉也敢拉出來比，這麼不符合邏輯的事情只有夢中才會出現了。

已經吵得「如痴如醉」、完全忘記初衷的顏鈞突然感覺到電磁入侵，他渾身一震，立即開啟能量防禦，雙目如鷹的看向不遠處的卡繆。

面沉如水的卡繆整理著身上的軍裝，朝顏鈞緩緩走近。作為一位素有「熔岩上將」外號、以脾氣暴戾著稱的導師，被一名學生肆無忌憚的攻擊之後，他應該得到一個怎樣合情合理的理由，才足以不發火？

「告訴我，你攻擊我的理由。」卡繆上將盯著他，眉心立著一道川字。

顏鈞想了想，總不好把內心的「我想揍就揍」、「揍的就是你這禽獸」、「亂摸砍手」之類的想法老實說出來，於是只好眯眼道：「手滑了。」

這就相當於挑釁了。

於是，卡繆的機甲重新披掛上身，他伸出右手，食堂外停著的蜘蛛戰車驟然變形為一把武器飛進他手裡，他緩緩道：「你確定？」

顏鈞輕哂，落地後將梁依依放到牆根，對她說：「老實待著。」然後對一旁正捧臉蹲著、看得興味盎然的埃爾說：「幫我看著。」

接著他轉過身對卡繆道：「你要是確定，我也只好確定了，老師。」

他一瞬不瞬的看著卡繆。

卡繆似乎微有猶豫，但隨即就有如出膛子彈般朝顏鈞掠來，顏鈞足尖一點往後騰空，疾飛出食堂道：「那就出來吧！」

埃爾興奮的站起來，露出嗜血好戰的標誌性笑容，對他永遠無聊的兄長說：「哥哥，看著他們！」然後把手裡的蟲子串扔給門奇，自己追了上去，積極的攪和戰局去了。

門奇拈起蟲子們看一眼，把吵鬧不休的牠們擺到薛麗景旁邊；為了管理方便，他又把梁依依拎過來擺到薛麗景的旁邊排排坐，將那缸還在地上「嘿喲嘿喲」打滾的魚踢到梁依依腳邊，然後他在「先去睡一覺」還是「先處理聲波武器」之間猶豫了片刻，最後決定還是先處理那件遏制力極強的新型武器。

那群弱雞正好不在，雖然這武器最終都是要交給聯盟總司令部的，但沒誰規定獅士軍的人不能先「借」來研究看看。

門奇打電話給拜倫氏的獅士軍總參部，道：「是我，門奇，是的……派一支少將以上的專家隊伍，立即到白林學院的教員食堂來，我給你們三分鐘。」

他掛斷電話後，摸著下巴認真看了一眼梁依依和薛麗景，這兩位女士很不巧都是他喜歡的類型，而且左邊這個跟顏鈞還有著說不清道不明的關係，更讓他感到興奮，不過目前他覺得……還是去睡一覺比較有吸引力。

梁依依和薛麗景目送著門奇少爺懶洋洋的走到破牆邊躺下，撿起一片葉子蓋在臉上，隨後開始打盹。

梁依依捏了捏薛麗景的手，小聲說：「薛麗景，妳還好嗎？身上沒有不舒服吧？」

薛麗景一直有點痴痴呆呆的，她戀戀不捨的將目光從門奇身上收回來，嚥了嚥口水，看了梁依依好久，說：「梁依依，妳說這些都是真的嗎？我真的見到了門奇和顏鈞？然後卡繆和顏鈞公主抱了？啊不是，是卡繆上將用公主抱抱了妳，然後顏鈞也用公主抱抱了妳？那你們豈不是組成了一個三角形？啊不是，三明治形？啊不對，究竟是什麼？」

梁依依伸出手正準備摸摸薛麗景的額頭，突然四周轟隆一震，梁依依身體一輕，被人抱了起來飛速騰空。

埃爾笑咪咪的抱著梁依依，氣息暴喘，血管突起，他剛才攪和進了三角戰裡，此時正處於能量暴走中。他向遠方正對顏鈞發飆的卡繆大喊：「嘿，卡繆大人別亂打，小心弄傷人啊——」總算他腦子還有些許清醒，知道自己的哥哥靠不住，不敢離太遠，千鈞一髮之際把梁依依帶走了，要是不小心她被壓死了，那顏鈞下次要揍的說不定就是他？

梁依依聞言立即低下頭，只見她剛才坐的地方的牆垣已經被轟塌了一半，那薛麗景？！她倒吸一口冷氣，揪住埃爾的衣領剛想喊，就看到下面那半片斷牆之中，門奇掀開了背上壓著的牆體，露出他身下完好無損的薛麗景、蟲子串和哼哧哧……

梁依依大大鬆了口氣，隨後她稍微察覺到了一點點奇怪。她轉過頭看向抱著自己的這位同學，只見他正要笑不笑的，眼神奇特、意味深長的看著她。

「怎麼了？你幹嘛這樣看著我？」梁依依疑惑。

埃爾已經落到地上，他將梁依依放下來，左手虛護在她背部，右手捏起她那隻正貼在他脖頸和鎖骨部位摸來摸去的手說：「請問……妳在做什麼？」

梁依依一愣，她看了一眼正在能量暴動的埃爾，又看了一眼自己反射性動作下，手心裡有一顆她無意識抽出來的、小小的能量光球……

埃爾同時也看著那顆拇指大小的奇異小球，又深深看了眼梁依依，緩緩的，對梁依依露出他的酒窩和小虎牙，展露他最具親和力的笑容……

……★……★……★……

傍晚，天痕軍校，黑魔方內——

顏鈞帶著一串人風風火火的走進分宅，正在打掃的女僕們見到他都震驚的倒吸一口冷氣。

少爺的臉上有如打翻了的調色盤一般「精采」，嘴角、眼角結了血痂，顴骨青黑，白襯衫上染了一團血暈，拳頭指節上都有青印……什麼人能讓少爺變成這副摸樣？！是將軍回來了嗎？！

阿連和阿圓等人焦急的圍了過來，顏鈞渾然不理，從她們面前大步走過，行動帶風。

他左肩上倒扛著一隻哼哼嘰嘰的梁依依，右手正捏著手機在打電話，哦不，是吼電話。

安排完了迪里斯皇室到訪的事情後，他撇頭對右後方的陸泉說：「四件事。第一，後天迪里斯皇族正式拜訪奈斯皇帝，你一會兒跟陸青伯父聯繫，全程協助；還有，記得去探望受驚的蘭卡里布總理；另外要關注內立卡海盜和聲波武器，別事情一到總司令部就音訊全無了，務必要儘快查出來這批海盜的幕後雇主。」

「還有一件事……明天你帶點禮物去卡繆那裡，都是男人，偶爾打一架也不過是件稀鬆平常的小事，以他的身分，總不至於還要跟我嘰嘰歪歪的端架子吧？嗤！」

「是的，少爺。」

陸泉推一推眼鏡，表面上淡定的點頭，實則內心正有四個小人在抱頭痛哭——

陸泉A義憤填膺：什麼叫「大家都是男人，打一架稀鬆平常」啊？少爺你能不能別在打斷對方肋骨之後說這句話啊？你格調還真是高啊，還真是個胸襟廣闊的混蛋啊，你怎麼敢大言不慚的說出這種話啊？！

陸泉Ｂ痛哭流涕：這是為什麼呢？為什麼揍人一時爽的是少爺，事後火葬場的卻是陸泉呢？陸泉的人生為什麼這麼殘酷呢？！

陸泉Ｃ怒吼暴走：憑什麼！憑什麼少爺衝動的後果是抱著又香又軟的女人回家，陸泉的後果卻是去給**卡繆上將**送禮？！

陸泉Ｄ凝望蒼天：老天……為什麼已經二十二歲的未來將軍和二十九歲「高齡」的卡繆上將還能做出這麼毫無大局觀的事情？這到底是為了什麼？！

「啊～」

梁依依的一聲「嬌吟」讓四個陸泉合而為一，他從沉痛的揪結中回過神來，瞥了一眼梁依依，鏡片上閃過一道寒光。啊，是啊，都怪這個外表柔弱、心機深沉的女人，果然是紅顏禍水，吃貨誤國！（？）

「頂到了，頂到胃了，真的要吐了……」

梁依依還在堅持不懈的反抗，她倒掛在顏鈞身上，捏起兩隻拳頭不停的捶顏鈞的後背，那力度就跟羽毛撓似的，顏鈞完全懶得理她。

「哦對了，還有那兩個八卦臺的記者，給我好好『叮囑』他們，不要亂寫！」顏鈞又想起那兩個猥瑣鬼祟的傢伙，要不是跟卡繆打一架，他還發現不了躲在草叢裡的他們。

他又看了一眼被衛兵夾在中間的薛麗景，她的表情有些茫然，有點驚懼。顏鈞道：「阿連，請這位薛小姐進去坐會兒，我一會兒就出來。」說完扛著梁依依大步上樓了。

阿連趕緊招呼薛麗景在大廳落坐，另一頭，阿圓著急的呼叫了醫療隊，並拿起一個醫藥箱跟了上去。

「少爺、少爺！請先處理一下傷口！」阿圓領著醫療隊擠進少爺的臥房。

顏鈞氣勢洶洶的把梁依依扔到床上，不耐煩的奪過女僕手中的醫藥箱扔一邊，說：「都給我出去！」

「可是，少爺你的傷……」阿圓盯著少爺傷口的慘狀，欲言又止。

「妳是聽不懂我的話了嗎，阿林？」顏鈞端起家主的架子，嚴厲的看了她一眼。

阿圓低下頭翻白眼，把「我不是阿林」這句話嚥了回去。算了，反正在少爺眼裡，所有的女僕都長得渾然一體……她默默拉起裙襬鞠了一躬，揮手把醫療隊帶了出去，然後憤憤不平的帶上門。

顏鈞回過頭，居高臨下的看著梁依依，背起手繞著床邊走來走去，以訓導主任的表情沉聲斥責道：「梁依依，妳能不能少惹一點事？」

梁依依從床上翻過身來，抬起眼偷瞄他一下，規規矩矩坐好，沒有回話。

「妳說，埃爾那裡是怎麼回事？」

梁依依攤開手，道：「我也不知道，當時就是很自然的……」

「很自然？我給妳上了那麼多政治課，妳都學到哪裡去了？！這件事會造成什麼樣的影響妳知不知道！埃爾那個瘋子可不像拘謹的面癱臉那麼好對付，妳到底有沒有一丁點智慧？！」顏鈞氣得臉都綠了。

梁依依想了想，居然坦蕩的點點頭道：「我有啊，只是我的智慧埋藏得比較深。」

顏鈞真想一口咬死她！

「妳當時摸他了？摸他哪？做到什麼程度？他問了什麼？」

「他沒有問什麼，我還是有點機靈的，我說這是一個小魔術，他就沒說什麼了。嗯，我也不算摸他吧……」梁依依心虛的望向天花板，「就是一伸手，它就來了嘛……」

「一伸手就來了，妳以為是招計程飛船嗎？！」

梁依依看了一眼異常暴躁的顏鈞，自知理虧的低頭站起來，撿起那個醫藥箱討好道：「俗話說得好，生米都已經煮成熟飯了，再氣也沒意思，你就啞巴吃黃蓮，王八戴綠帽，大人不計好人過，忍忍我這次吧。我給你擦擦藥，別發炎了。」

「我……！」顏鈞差點一口氣沒上來被她活活氣死。真是夠了，只要一跟她說話他就覺得哪裡都不對勁，一肚子的無名火！

梁依依伸手拽住他的衣袖，微微用力將他慢慢牽到床邊坐好，打開藥箱認認真真的看了一眼，看似很懂門道的挑挑揀揀，然後問顏鈞：「哪瓶是藥？」

「嘖！」顏鈞真是氣服了，「不是大言不慚的要幫我上藥嗎？逞能啊？接著逞能啊？」

「哎呀～」梁依依擺擺手，「你不要這樣以抓我的痛腳為樂嘛，有句俗話說得好，做人就是要不恥下問。這一瓶是嗎？噴的？」

顏鈞懶得理她，別過頭皺眉想著自己的事：前線戰事懸而未決，文大師與迪里斯皇室的異常往來還沒有眉目，蟲族海盜又來惹是生非，這事疑點重重、攸關重大，埃爾又疑似發現了梁依依的異常，只是不知道他能夠猜到哪一層……麻煩事真是一件接一件，怎麼就這麼不省心呢？

「高級……肌理……癒合什麼什麼……淺表……物理傷……適用……」梁依依一個字一個字的認了認，放下心來，拿出藥箱裡的一枝簽字筆，在藥瓶上寫了行小字：跌打藥油。

梁依依又拿起另一瓶認了認，唸道：「泛A級……強效克制……病毒性……防感染……什麼什麼。」她明白了，在藥瓶上寫一行小字：消炎片。

她又興致勃勃的拿起下一瓶，「強力……神經性狂躁……舒緩鎮定什麼什麼……」她悄悄瞥一眼顏鈞，在藥瓶上寫「狂犬（顏鈞）疫苗」，然後把瓶塞塞好，把字遮起來，拿起那瓶「淺表性物理傷適用高級肌理快速癒合噴劑（跌打藥油）」，伸手輕輕勾了勾顏鈞的下巴，朝他那團瘀傷噴了噴，邊噴邊輕輕吹。

顏鈞惡狠狠瞪她一眼，不自覺躺下來任她擺弄。

梁依依煞有介事的在顏鈞身上亂噴一氣，還學著社區跌打師父的手法揍顏鈞，啊不是，按摩顏鈞。自認為很好的處理了傷口，她接著再從口袋裡翻出幾張晶片說：「對了，你剛才對那兩個八卦記者發飆，這是那兩人攝影機和筆電裡的晶片，你抽出來扔掉了，我撿了回來，你要嗎？」

「撿這髒東西幹什麼？扔了！」顏鈞作勢要掰斷它們。

梁依依趕緊收回來，「別啊！裡面肯定有好多珍貴的娛樂圈內幕和八卦，你不要，那給我看吧。」她興致勃勃的走到臥室一頭的解碼機旁，將晶片放進去解析。

這時門口傳來敲門聲，女僕阿連在門外道：「少爺，那位薛小姐一直說想要回去，您什麼時候去見她？」

「我要跟她一起回去！」梁依依聞言就準備往外跑，被顏鈞一眼瞪住。

「老實待著，回去的事一會兒再說。」他開門出去。

梁依依只好回去蹲著。而這時解碼機已經把晶片裡的內容全息投出來了，她一樣一樣翻出來看，覺得真是太有意思了。

樓下大廳內，薛麗景心慌意亂的等著，這麼長的時間裡，她已經坐立難安的想了無數事情了，也積了無數的疑問，難以置信的事情已經在她眼前發生這麼多，她都不知道要從哪一件開始驚訝。而這些問題裡面，她最關心的是梁依依和顏鈞的關係，難道他們、難道他們……怎麼可能呢？那、那林姚呢？姚姚該怎麼辦？難道都是他大少爺心血來潮的玩物嗎？

顏鈞一出現，薛麗景便極緊張的站了起來。

「坐下。」顏鈞在她對面坐下，架起長腿，雙手微攏在腿上，即便他一臉傷痕五彩斑斕，薛麗景還是覺得他炫目得讓人不敢直視。

顏鈞微微後靠，不動聲色的看了她兩分鐘，這是製造壓力常用的冷卻法，上位者對下位者使用，事半功倍。

不常見大場面的薛麗景果然如坐針氈了，她緊張的搓了搓大腿，唯唯諾諾，欲言又止的張開嘴。

沒等她開口，顏鈞便道：「我說，妳聽著。」

薛麗景立刻閉嘴。

「今天妳經歷的所有事，出了這扇門，妳都要忘得一乾二淨。遭受海盜襲擊後，妳就暈了過去，妳沒見過我，當然也沒有見過其他人。等會兒我會給妳一份聯盟照會外使的新聞稿，這份新聞稿就是今天所有事情的『真相』，妳背熟它，以後不管誰問，都這麼回答。明白？」

薛麗景立刻用力點頭，差點把頭甩掉了。

「說漏嘴的後果很嚴重。」顏鈞微微抬起眼簾，意味深長的看著她的脖子一眼。

薛麗景倒吸一口冷氣，雙手牢牢握住自己脖子，猛點頭。

「會有人盯著妳，所以，注意自己的言行……妳回去吧。」顏鈞隨意揚了揚手。

薛麗景猶豫的道：「那梁依依……」

「梁依依今天有事外宿，她的母親會過來探望她，也會幫她請假，妳不用管。」顏鈞乾脆俐落的答。

剛從樓上下來的梁依依隱約聽到這一句，高興得眼睛都亮了，她剛才在晶片裡看到林姚和顏鈞的緋聞八卦，心裡覺得驚訝，所以迫不及待的下來問，沒想到能聽到這麼個好消息！她興高采烈的穿過小偏廳，阿玉姐姐正在偏廳內取甜點和奶茶，她跟在她身後向大廳的內門走去。

廳內，薛麗景慢慢站起來轉身往外走，突然腳步一定，又轉過身來脫口問道：「梁依依喜歡的那個男人就是你，對嗎？」

顏鈞的表情瞬間一空，他反射性的呆滯，像被人戳破了醜事般的心跳加速。

——怎麼、怎麼突然問這種問題？一定是那女人的愛慕表現得太明顯了，這蠢貨真是，她一定要弄得人盡皆知才行嗎？！

門口的梁依依聞言愣住了，茫然的停下腳步。

前面的阿玉也大吃一驚，但她努力穩住手，保持著完美微笑，繞進來給少爺和薛麗景的茶杯續上香濃奶茶，將茶盞輕輕放在薛麗景手邊的几案上，按捺住心中的波瀾壯闊，原路默默退出，瞥了一眼門邊的依依小姐，隨後小碎步跑向後面召集其他女僕趕緊過來看熱鬧。

顏鈞苦惱的尷尬了片刻，無奈的嘆口氣，仰望著天花板，坦然道：「沒錯，就是我。」

薛麗景已經看到門口的梁依依，也看到她一聽見這話就突然紅起來的臉蛋，心裡有些明白了，英俊挺拔、優雅迷人、萬中無一的顏鈞與平民傻ㄚ頭的相遇——真不知道這是一對男女的佳話還是一個女人的浩劫。

照梁依依前段時間「春夢」的描述，他們似乎還有了非常親密的接觸……薛麗景看了一眼「陷入尷尬回憶」的梁依依，輕咬牙根，深吸一口氣，以壯士斷腕的心情幫她問了一句：「那你喜歡她嗎？」

「啊？！」顏鈞脖子一梗、眼睛一瞪差點跳起來，極為嫻熟的嘲笑道：「喜歡她？她又懶又醜又蠢，我喜歡她幹什麼？她有哪個部分值得別人喜歡？」語音是一路拔高，就跟被踩了痛腳的貓一樣，他一臉厭棄的站起來轉身往裡走，大聲道：「妳走吧，衛兵會……」

梁依依捏著手倚在門邊，抬起一雙烏黑圓潤的眼睛朝顏鈞看了一眼。

薛麗景嘴角抿了抿，心痛的看著如風中柳絮般的傻依依，幾步朝她衝了過來大力抱住她，安撫的拍道：「不要哭，沒事的，依依，知道了也好……這是好事，真的，妳相信我，以後妳就知道了……不要難過，妳跟他確實一點都不合適，他不喜歡妳也沒關係，會有別的好男人來疼愛妳的，依依妳這麼善良乖巧，一定會有一個體貼妳的老公，等妳以後再回頭看今天，一定會覺得……」

薛麗景帶著哭音的話還沒說完，顏鈞就大步走過來一把拽開她，對外面的衛兵吼道：「拖她出去！」

「啊……你要做什麼？」梁依依一時茫然的看著薛麗景被拖出門，追上去喊：「麗景，薛麗景！」

「妳急什麼？我又不對她做什麼，只是讓她回去。」顏鈞一把拉住她的手，剛才薛麗景那話聽得他莫名其妙火冒三丈，什麼別的好男人、什麼疼愛、什麼老公，說的那是什麼話？是人話嗎？亂七八糟毫無邏輯，真是神經病……

「哦……」梁依依淡定下來，回頭瞥了他一眼，輕輕掙開他的手道：「那，我媽媽來探望我，是真的嗎？」

顏鈞撇嘴，「假的……等、等過幾天，過幾天我帶妳去看她，這兩天還有一件大事。」

梁依依有些消沉下來，「哦……那我還是回宿舍吧。」她往外走。

顏鈞跟了上去，「回去幹什麼？這兩天妳先待在這裡，我觀察觀察埃爾的反應再說。」

梁依依不想理他，她又懶又蠢又醜，為什麼還要那麼聽話——都被你這樣罵了，我還要耐心的聽你繼續罵嗎？沒有道理，不理你。

顏鈞煩躁的跟在她後面繞圈，「妳什麼意思？敢不理我？妳敢跟我發脾氣？！」

梁依依低頭噘嘴。

「嘖……」顏鈞撇了撇嘴，拉住她的手，決意安撫一下她。好吧，那就對她說幾句違心的軟話：「妳……好了，妳聽我說。」

梁依依抽回手，伸出兩根手指堵耳朵，「我不聽。」

「妳聽我說！」

「我不聽。」

「梁依依，敢不聽話了是不是！」

「我不聽我不聽……」

林棟和瑞恩從黑魔方院外一走進來，就看到少爺正在與梁氏依依小姐拉拉扯扯，忘情投入的上演著最惡俗的打情罵俏戲碼。

只見少爺小跑一步上前拉住梁依依的小嫩手，咆哮道：「妳聽我說！」

梁依依嬌羞的捂耳，扭動，「我不聽我不聽……」

少爺七情上臉，內心苦情且糾結，一把將梁依依拽進懷裡，恨不得將他的寶貝揉進身體中，繼續深情忞意的咆哮著：「妳聽我說！」

林棟嘴角抽搐，嫌棄的偏開頭。瑞恩詩意大發，興奮的掏出了實驗記錄。

門口的衛兵魯道夫吞吞唾沫，忍耐不住的道：「拉卡，我為什麼覺得有點噁心？」

衛兵拉卡恨鐵不成鋼的瞪了他一眼，「蠢貨，這是感動！」

顏鈞抱住死活不聽話的梁依依，掰開她的手，臉紅又煩躁的說：「妳夠了吧！我、我以前總這麼說妳妳也沒生氣啊，這次矯情什麼？其實，好吧其實妳也勉強算不醜，我的意思是……我知道妳是在氣什麼，我也不是說完全不喜歡妳……嘖……混帳東西妳給我差不多一點，再鬧我揍死妳！」

林棟看著耳根通紅、渾身熱氣蒸騰的少爺，忍無可忍的問瑞恩：「我們是先迴避一下呢，還是迅速彙報完讓他們繼續？」

瑞恩痴迷的道：「哦，我想多看一會兒，我從來沒想到少爺發情的時候是這個樣子，真像一匹憤怒的公馬！」

「憤怒的公馬」聽到了兩人的大聲吐槽，摁住懷裡扭來扭去不聽話的梁依依，將憤怒轉而噴向這兩人，吼道：「看什麼看！站在那裡閒聊什麼？不知道做正事嗎！」

林棟整理了一下面部表情，拂了拂白色醫師服的衣角，上前兩步敬禮道：「報告少爺，剛才我在校區醫院偶遇卡繆上將，他讓我向少爺轉告一句話。」

「他說他一直在針對梁依依學員的能量實體化進行研究，目前研究有了一些進展，希望梁依依學員明天起去他的實驗樓配合實際訓練，也許會讓她在『能量實體化』的能力方面得到突破性的進展。」

顏鈞的臉色瞬間沉了下來，這個卡繆果然不簡單，今天雖然跟他撕破臉，但轉眼又能以梁依依的能力為由與他重新搭上話，補上這層臉皮，而且這理由還讓他無法拒絕……他本來已經準備要把梁依依送回薩爾基拉古宅徹底關起來，就算跟卡繆撕破臉也拒不承認的……

顏鈞鬆開梁依依，死死捏住她的手，沉思片刻道：「好，我知道了。明天我會親自陪梁依依去……配合研究。」

……★……★……★……

晚風時有時無。

兩輪昏黃的彎月掛在天邊，夜啼鳥在灌木叢中跳躍啄食，咕咕啼叫。

黑魔方的崗哨中，衛兵魯道夫強打著精神等待換崗，身後又掠過了一陣風，就像有人輕輕說話似的。

黑魔方院門的牆角下，埃爾悄無聲息的落地，他輕鬆的突破了顏氏分宅的五道崗哨，此時隱入一片陰影中回望那排衛兵，咧嘴一笑，搖頭道：「廢物。」

魯道夫好似聽到了什麼，他一振精神，小聲叱對面的拉卡道：「拉卡！你罵我！」

拉卡繼續警惕環視著周邊，懶得理他。

三樓的客室內，梁依依正在酣睡。

床上的淺粉色帷幔在輕輕飄蕩，大床的正中央縮著一團小小的女孩，她懷裡抱著一隻絨毛娃娃，正如一團抱月的軟白雲朵，一對白嫩玲瓏的腳丫伸出了被子。

埃爾在寧靜的大宅中翻來躍去，除了顏鈞的房間他不敢去找死，能跳的窗戶他都跳了一遍，很妙的是，還不巧看到一位深夜洗澡的女僕，那曼妙的身體真是人類的瑰寶。

但如果魔術師小姐是跟顏鈞一起睡……那可就沒辦法了。

這麼想著時，他恰巧找到了目標房間。

埃爾輕輕落在瑰麗厚軟的地毯上。他緩緩走近梁依依，站在柔軟溫暖的床邊打量她，片刻後，他張開雙臂，輕輕撐在她上方。

梁依依鼓起圓圓的臉，在夢中嘖了嘖嘴。

埃爾笑了笑，頗感興趣的捏住她圓潤白嫩的小腳把玩。

「嗯……」梁依依掙動腳丫。

埃爾不予理會，玩得不亦樂乎。

夢中的梁依依始終擺脫不了啃腳怪的騷擾，不勝其煩，終於嘟起嘴睜開眼睛，與撐在她上方的微笑男性面面相覷。

「阿米恩～」埃爾露出笑容，酒窩乍現，重新將她鎖在兩臂之間。

梁依依揉揉眼睛，茫然，「嗯，阿米恩……」

埃爾有些驚訝，沒有想到她還是個處變不驚之人，看來不需要弄暈她了。

「還記得我嗎，魔術師小姐？」

梁依依盯著他咂咂嘴，眼神慢慢聚焦，點頭道：「哦，是你，我記得你。」她伸手輕輕的推他，似乎有要翻身起來的意思。

埃爾從善如流，順著她羽毛般的力氣移開身體。

梁依依坐起身，小腿搭在床沿，表情有些空茫。她伸手在床邊一拉，拉出一個零食箱子，裡面被顏鈞時不時的塞進各種奇怪的食物，不知道他從哪裡弄來的，反正他討厭吃的，就塞給她吃。

梁依依挖出一包泡沫彩雲糖遞給埃爾，分享食物算是她拿手的待客之道吧。

埃爾愣住，看一眼這包彩色的玩意，又看一眼有點雲裡霧裡的梁依依。

「吃點嗎？」梁依依張口就來這句，然後打個哈欠說：「你吃，我去上個廁所。」

埃爾伸手按住她的肩膀阻止她的行動，眉頭挑得高高的，以匪夷所思的表情打量她一會兒，問道：「魔術師小姐，妳知道我來幹什麼嗎？」

「幹什麼？」梁依依耷拉著眼皮，逐漸回神。

「當然是看魔術啊……」他一把捏扁了手裡的零食，微微用力捏緊梁依依的肩。時至如今她都如此鎮定，看來是個見過世面、很有想法的女人，難道有待價而沽的意思？

於是，他意味深長笑道：「來，為我講講這個『魔術』吧。」用β能量變魔術？以為他會信這種鬼話？

「哦……那個啊。」反射神經長長長……的梁依依終於後知後覺，醒悟過來現在的處境，她面無表情的撓撓臉。

正當埃爾以為她會繼續超然鎮定的回答問題時，梁依依卻突然驚慌的大叫：「顏鈞——救命啊！」然後捏起一對拳頭開始捶他，「走開走開走開走開！」

「……！」埃爾震驚了。什麼什麼？這是什麼套路？這不是個淡定從容、腹有乾坤的小姐嗎？怎麼突然挖這麼一個坑？！

埃爾反應迅速的一把掐住梁依依的脖子遏制她發聲，然後抱起她準備閃人，但這想法顯然是不實際的，不出一秒，房門就被某人一腳踹爛，穿著睡衣的顏鈞雷霆萬鈞的殺到，以肉眼無法捕捉的速度閃至埃爾身前，一拳將他轟到牆邊，拳擊肉體的悶響有如沙包撞擊之聲。

顏鈞拎起埃爾的衣領，兩眼一瞇道：「埃爾，這不好玩。」

埃爾咳了咳，笑咪咪的舉起手，「走錯地方了。」

「是嗎？」

埃爾聳肩，「啊，我只是夜晚寂寞，過來偷看你漂亮的女僕，要知道顏府的女僕可是出了名的美麗動人。況且我以為你的女人當然會睡在你的房間，沒想到會在客室裡發現這一位……這麼說，她只是重要的客人？」

他意味深長的笑了笑——不是你的女人，又與你關係匪淺、睡在客室，那想必是由於不同尋常的原因？

顏鈞一愣，脖子一梗，大聲道：「當然是……我的女人！」臉紅了。

「哦……」埃爾點頭，表情沒有半點誠意。

「她今天只是……跟我吵架鬧脾氣了，所、所以要睡客室……你、你管得著嗎你！」躁熱煩躁暴躁啊！

「嘖嘖嘖，看來自那位林小姐之後，你還真是開竅了啊……」埃爾發動能力抵禦顏鈞上千噸的腕力，格開他的手迅速閃到窗邊，揉了揉被顏鈞揍痛的肚子，陽光燦爛的一笑道：「那麼，明天見吧，二位。」

「明天見個屁！滾回你的白林學院！」顏鈞瞪他。

埃爾溜之大吉後，顏鈞回頭看梁依依。

梁依依很主動的報告：「什麼都沒說，什麼都沒做，而且我很鎮定很機靈的就給了他一包彩雲糖吃。」

「嗯。」顏鈞對她的表現還算滿意，但對於府內形同虛設的保衛工作，他真是火冒三丈，讓埃爾如入無人之境般想來就來、想走就走，這些人都是木偶？但轉念一想，這些人……也確實攔不住埃爾。

有一就有二，埃爾那句「明天見」，真是讓人相當暴躁。

他在梁依依的床前走來走去，梁依依看他像個鐘擺似的來來回回，眉頭緊鎖、苦大仇深的樣子，覺得他真沒意思。她有些困頓的打了個哈欠，抱起那個絨毛娃娃，曲腿縮回床上，薄薄的睡裙掀起一截，露出雪白的腿。

顏鈞終於定住腳步，一把將梁依依從床上拉起來，拖著她徑直往外走。

「啊，去哪兒啊？」

「以後妳跟我睡！」顏鈞乾脆俐落的將她往自己臥室拖。

「啊？我不要……」梁依依往後縮手。

顏鈞不耐煩的將她一把抱起來，大步走回臥室扔到床上，道：「少廢話！我說什麼妳就做什麼！」

「可我不習慣，你一定會跟我搶被子，我一定搶不過你……」梁依依的目光中充滿了擔憂。

「妳這蠢貨！本少爺這麼大一張床還會跟妳搶被子？！」

「嗷嗚……」梁依依不樂意。

顏鈞一把掀開被子，把她塞到床的一邊，然後站在床邊目光沉沉的盯了她一會兒，話裡有話道：「好了，妳也別裝了，別以為我不知道妳心裡在想什麼。」

他不屑的看她一眼，在梁依依右側躺下，蓋好被子後又偏頭瞪她道：「不過我警告妳，不要想入非非啊，別想著對本少爺動手動腳，老老實實睡覺！」

「啊？」梁依依疑惑的側躺著，盯著顏鈞英俊的側臉看了片刻，想了一會兒才明白意思，頓時臉一鼓就生氣了，不甘心的伸出手一下下用力推他，「你說什麼呢！你才想入非非呢！你才動手動腳呢！你說什麼呢，胡說八道……」

「再推？妳再推？妳還來了興致是吧！」顏鈞一把捏住她一雙小手，一展臂把她夾在臂彎裡困住，低頭嚴厲喝斥道：「睡覺就老實睡覺，再不睡弄死妳！」

梁依依可委屈兼鬱悶了，不依不撓的碎嘴，伸手指戳他胸口，「你才胡說八道，你怎麼這麼講話呢，沒有事實依據就亂說……」

「我沒有事實依據？」顏鈞再度低頭，瞇眼盯著她，對她的矯情和裝模作樣真是受夠了，喉頭一滾，低聲重複道：「我沒有事實依據？」

梁依依嘛起嘴正要頂嘴，突然想起「春夢」事件，福至心靈的明白了他的意有所指，不禁臉蛋蹭蹭的通紅起來，嘴巴囁嚅著，緊張結巴道：「你怎麼知道……你亂講……我又不是……那個又不是……哎呀你、你真是純粹亂說！你胡說八道，是不是薛麗景講的……她……她才不知道呢！她怎麼這樣啊怎麼連這個都說啊！不是的不是的！」

梁依依已經害羞生氣得捏拳頭用力捶顏鈞了。

本來顏鈞脫口提到她想要「那個」他的事，也頓感尷尬和害臊，但看她比他還要害臊，看來真是喜歡他喜歡到了做春夢的程度了，又不禁從心底裡洋洋得意、一身滿足，他臉紅脖子粗的擺出不屑的表情，撇嘴嗤笑一下，躁熱的偏開頭任她捶，反正不痛。

梁依依氣得都想哭了，她捂住臉，自暴自棄的把頭埋起來，心裡真是氣死了，肯定就是薛麗景說的，除了她還有誰？她怎麼這樣啊？這個大喇叭嘴，這種話怎麼能胡亂跟當事人說呢？她今天那麼問顏鈞，肯定就是說起了什麼事有原因才問的，一定是！她一定就是跟顏鈞講這件事了！她怎麼這樣啊她怎麼這樣啊！薛麗景我明天要咬妳！

顏鈞見她捂著臉半天不動，狐疑的看她一眼，用力箍了箍梁依依的背，在她小臂上捏一下，問道：「妳不是在哭吧？妳怎麼這麼麻煩？有必要嗎？」

梁依依捂臉不理他，哭腔，「你滾蛋，走開。」

顏鈞撇嘴笑一笑，真是得意，清了清喉嚨，安慰道：「妳也不用這樣，我又沒怪妳。我知道，妳……喜歡我……」耳根紅了，「是……咳，情不自禁，我可以當作不知道，我也不會責怪妳，妳看妳現在……不是正在占我的便宜嗎？」手臂緊了緊，「我也、我也沒說什麼啊，妳就悶聲自得吧……別妨礙我的正事就好……不過，妳要是想，『那個』我……」害羞的說著，「那是，不可能的，這妳要清楚。」

梁依依聽著顏鈞的話仔細思考了一下，心中若有所思，覺得他說的也是有幾分道理的。

梁任嬌女士從小就教育她「菜譜再好看，不如吃在嘴裡的白飯」，這意思就是說，不管別人的東西再好再華麗，都是沒有意義的，只有吃到自己嘴裡、占到便宜才是最實在的，何必管那麼多因為所以呢？

所以，她雖然從小被各種小朋友欺負，但該吃的東西她從不錯過，一定要「吃到嘴裡」。

她若有所悟的點點頭，慢慢伸開雙臂抱住顏鈞，小聲說：「你說的好像對耶，我要是喜歡你，那我就默默的占你便宜呀！我要是不喜歡你，那我也沒有吃虧呀……」她點頭。

「切！妳還不承認妳喜歡我？妳就那麼嘴硬要面子？虛偽！」顏鈞對她這種不老實認輸的態度很不讚賞，耿耿於懷。

梁依依把臉擱在他胸膛上，眨著眼睛想了想……喜歡顏鈞……唔，她跟他是很一見如故的，他不光讓她不再饑餓了，而且第二次見面時，他就擔心她怕黑，陪伴她來著，他是她生命裡第一個跟她這麼親近的異性，他對她其實真的很好，記得給她準備零食，也能陪她玩，而且他長得又這麼好看……

梁依依悄悄看一眼他俊逸迷人的下巴，又伸手在他胸口按了按……身材又好……比她心中的男神，星際巨星鴨梨山大還要英俊，威風凜凜的……梁依依越想越發覺她當然應該喜歡他呀，她怎麼會不喜歡他呢？

她是個憨直坦率的人，自認為想明白了就不會遮掩。她揚起臉，小聲說：「嗯……顏鈞，我是喜歡你的。」

顏鈞聞言一震，心口好像被人突然打了一拳，當面聽梁依依說這句話的衝擊讓他全然沒有防備，呼吸停頓了。

梁依依的聲音細小軟糯，眼神無依無靠，有點明白又有點茫然，身上的氣味略帶香甜，讓顏鈞就像被光炮炮口瞄準了一樣莫名其妙的心驚肉跳，忍不住想一把推開她，但又全身發麻，動彈不了……

梁依依趴在他身上，想了片刻，再度老實的點頭，輕輕對他道：「我喜歡你。」

顏鈞的心跳此時復甦，從零開始加速亂跳，猶如一臺瘋狂的幫浦，開始猛烈的向全身供血，他喉頭滾動，舔了舔嘴脣，齜牙咧嘴的別開頭，不知所以的「哼」了一聲，腦子裡是一片五顏六色，亂糟糟的。

梁依依嘆了一口氣，有種恍然大悟的解脫感，原來是這樣，原來是這樣子的……想明白了其實也挺安穩的……她又伸爪子在他胸口撓了撓，道：「我喜歡你。」

顏鈞耳根要熱爆了，悶聲沙啞道：「知道了。」

梁依依軟軟的趴在他胸口，自顧自的糯糯說道：「我喜歡你……」

「聽到了！」顏鈞一身血都要倒流了。

梁依依笑了笑，自在的扭了扭，胸前一對豐軟的胖兔子不自覺的在顏鈞左胸膛上磨蹭，顏鈞小腹一緊差點從床上跳起來，他鐵臂狠狠的一箍，勒住梁依依，嘶啞低喝道：「幹什麼？！別亂動！」

「噢。」不明情況的梁依依乖乖縮他懷裡，輕輕的吁一口氣。

窗邊籠子裡的閃電早就被這兩個煩人的東西吵醒了，在抓桿上蹦了兩下，生氣又好奇的歪頭看著緊緊膩在顏鈞懷裡的梁依依，認真的觀察了片刻後，大喊：「有姦情！有姦情！有姦情！」

惱羞成怒的顏鈞猛地瞪牠一眼，隨手抄起東西砸牠的鳥籠子，「閉上你的鳥嘴！」

閃電被砸得晃來晃去，不滿極了，憤慨的用爪子踏著抓桿大叫：「有了媳婦忘了娘！有了媳婦忘了娘！」

「學什麼鬼話！我抽死你！」

顏鈞剛想蹦起來開扁，猛地發現下面不對勁，俊臉尷尬的變色了，心亂如麻的又躺回去，躺了一會兒也不見小顏鈞恢復冷靜，只能不甘心的癱平了在床上罵鳥。

閃電也是個不甘示弱的角色，飛起來撲得籠子嘩嘩作響，與顏鈞奮勇對罵。

顏鈞懷裡的梁依依打了個哈欠，閉上眼，在一人一鳥的對罵聲中放鬆下來，安逸入眠。

第七章✦新八卦緋聞誕生！

翌日清晨——

薛麗景與林姚在第二食堂吃早餐。

林姚身邊圍繞著不少半新不舊的好朋友，正興奮的向她打聽白林學院的事。

林姚昨天雖然暈了，但事後也聽到了一星半點的戰況，結合今天早上聯盟新聞署的新聞稿，她也能猜個八九不離十出來，如果沒有那二十幾個巡航者，以昨天的情況，整個白林學院可謂是岌岌可危的。

此時，她便將蟲族的狡詐凶猛與巡航者的艱苦戰鬥娓娓道來，大家聽得津津有味。她本來就是個長袖善舞、引人青睞的人，這段時間更是搶盡風頭，幾乎掌握全體地球學生的說話權，交了許多朋友。

薛麗景卻在林姚對面直勾勾的盯著餐盤，呈現前所未有的深沉狀態。

林姚說到一半察覺到異樣，放下刀叉看她一眼。對比周圍嘰嘰喳喳沒話找話的女同學們，薛麗景這種不合時宜的沉默顯得有些突兀了。

「怎麼了，麗景？哪裡不舒服嗎？」林姚溫柔的笑道。

薛麗景恍然抬頭，「哦，沒有。」她連忙拿起一塊麵包，眼神憂鬱的看一眼正關心著她的姚姚，心不在焉的咬一口，又看一眼林姚，又咬一口……

「妳在用林姚下飯嗎？」地球同學小K忍不住吐槽。

林姚蹙了蹙眉頭，正要說什麼，身後突然爆出一片喧譁聲，從那片喧譁開始，整個食堂就好像一顆石子投入滾油中一般，嘶的一聲慢慢沸騰開了。

這不同尋常的情況吸引了林姚身邊的好幾個學員，她們呼啦啦的結伴跑過去湊熱鬧，要在平時，薛麗景早就第一個衝出去投入八卦戰爭了，不過今天她只是站起來伸長脖子望了一眼，又悻悻然坐了回去。

正常人俱樂部的小栗子察言觀色，問她：「薛麗景妳到底怎麼了？」

小K舉右手，「肯定是姨媽來了！」

薛麗景搖頭。

小栗子大驚失色道：「難道是因為姨媽沒有來？！」

「哦？！(⊙o⊙)」小K虎軀一震。

薛麗景翻著白眼望天花板，拿出她獨有的風範，大力一揮道：「都別吵啊！……讓我，沉浸在自己的心事裡吧。」

正當這些凡人不懂她的苦惱，還在吐槽打趣追問她之時，一名男學員興奮狂躁的跑了回來，手裡端著一本巴掌大的筆電，蹭蹭蹭的擠到林姚身邊「啪」一下將筆電放下，伸手一點將線上新聞投放出來，霎時貝阿八卦新聞臺的《真相投放》節目立體出現在餐桌上，大嘴穆勒正在興奮誇張的侃侃而談，再厚的神奇修正粉也遮不住他臉上那青一團紫一團的瘀傷。

男學員氣喘吁吁，大手一指道：「快看，梁依依！」

眾人湊過來一看，節目裡的穆勒正在振奮的說：「全體的貝阿公民們，這幾位才是昨天內立卡海盜襲擊中——真正的英雄！」

他手一揮，一張立體靜態照片蹦跳著彈了出來，近距離的大幅照片中，有兩名人形生物、一隻鳥類和兩名水生魚形假體生物，鏡頭離梁依依很近，她正頭戴耳機，咬著小嘴，以一個吃奶般用力的表情和一個撅起屁股奮勇向前的姿勢，一手拖著癱在地上的薛麗景，一手抱著一隻桂冠金巴格鳥，與另外兩名魚形一起猥瑣前進，目標直指一處食堂。

第二張動態圖片是從後面拍的，透過慢速播放，可以看到那隻鳥以迅猛威武之姿撲向一張料理臺，並啄食了一隻彩色的蟲類，那隻蟲體型獨特、腹部有特殊的白線，很明顯是一隻王蟲！

梁依依一直跑在鳥的後面，並伸出手以命令的姿勢說著什麼，還上前拍拍鳥的頭，看上去就像是由她指揮這隻鳥向王蟲發起攻擊，隨後梁依依還臨危不懼、一身坦然的正面迎上蟲族的鐳射炮和霰彈槍，直到炮口的閃光迸現，鏡頭一陣劇烈晃動，畫面突然一黑，這張動態圖片才停了下來。

然後，穆勒再次帶著他標誌性的咧嘴笑臉出現，他神秘又亢奮的道：「看到了嗎觀眾朋友們？這位英雄名叫『梁依依』，她來自地球族，是另一所極其優秀的軍校——天痕第一軍校的候補學員！」

「在昨天那場危險的、攸關整個貝阿星系尊嚴的校園戰役中，面對前所未有的新式聲波武器，她有智慧——戴上耳機抵禦聲音干擾素；她有謀略——以靈敏的軍事嗅覺直搗蟲族的秘密據點食堂；她還有勇氣——面對無數蟲族的炮口卻面、不、改、色！這位英雄指揮其寵物一口解決了王蟲，擊潰了敵人的心理防線，瓦解了新式聲波武器，表現出色，智勇雙全！但是，為什麼——

「為什麼聯盟的新聞稿中完全沒有提到她的名字？為什麼她的功勞被一把抹殺了？請各位人形和非人形、單體和非單體、實體和非實體的觀眾們，用你們的生物腦、主腦、核心處理器和靈魂內核想一想——這是，為什麼？！」

穆勒極其誇張的睜大雙眼，屏住呼吸停頓片刻，然後深呼吸兩下，握緊雙手說：「因為——她是——她是——她是……」

所有觀眾都屏住了呼吸。

「因為她才是顏鈞真正的女朋友！」穆勒張開大嘴。

「切……」

「嗷……」

「我去……」

「什麼呀……」

「八卦臺難道就想不出更好的噱頭了嗎？為什麼最近總拿顏鈞炒作？」

「既然這位英雄被政府人為隱蔽了，那肯定有點正經理由吧，怎麼會是因為這個呢？」

觀眾們很無趣很失望的揮手，直覺這事肯定是八卦臺找不出真相，所以只好炒緋聞，造噱頭。

穆勒還在振奮的解說：「由於一些令人遺憾的原因，我們沒能留下圖片和影音證據，但是在昨天的最後關頭，是顏鈞他抱起了梁依依，他保護了梁依依，兩人親密相擁、深情接吻，激情溫存blablabla……」

——嘿嘿，反正沒證據隨我亂說，顏少爺你揍我呀，你揍我呀，你來揍我呀，你敢揍我我就敢亂說！

「然後，由於令人深思的原因，天痕軍校的卡繆上將打斷了二人的親熱，並與顏鈞展開了一場激戰blablabla……然後，由於更令人深思的原因，埃爾·拜倫也加入到了爭風吃醋的戰鬥中blablabla……」

觀眾們已經對穆勒的胡說八道完全失去興趣了，真是的，越說越離譜了。

薛麗景看完視訊後，陷入了良久的沉思之中，她隨後抬起頭，關切認真的等待著林姚的反應，眾人也七嘴八舌的聊了起來，不過關注的點完全不在那胡亂編造的緋聞上。

「沒想到梁依依居然立功了？！感覺太不可思議了，如果不是有圖有真相，我真是不敢相信她能有這份膽色！」

「感覺好假……」

林姚失神怔忡的想了一會兒，突然回過神來，有如花開般綻放笑顏道：「呵呵，她嗎？狗屎運也有一些吧？八卦臺的新聞也可能有些誇張的成分。」

「是啊，我也覺得有些生硬。」

薛麗景訥訥的沒說話，繼續拿起早餐，看一眼林姚，吃一口麵包……

……★……★……★……

與此同時的黑魔方內，梁依依才剛剛吃完早點。

顏鈞在一旁已經看了十分鐘報表，眼角一瞥，見她終於慢騰騰、仔仔細細的吃完了早餐，便站起來從女僕手中接過外套穿上，站在梁依依身後逐顆扣釦子，垂眸盯著她的腦頂，催促道：「走了！」

梁依依揚起頭，看一眼正居高臨下覷著她、高大挺拔的顏鈞，視線在他青黑青黑的冷臉上停頓片刻，也不怎麼愉快的撇撇嘴，站起來跟在他身後。

兩人氣氛怪異的並肩往外走，一個一臉沉鬱隱怒，一個噘著嘴不滿。

梁依依真是不知道他一大早的在生什麼氣，不光是把來幫她洗刷刷的女僕姐姐們全部趕走，還一個人在超大的洗漱間裡撐著洗臉檯盯著鏡子生悶氣，是在氣自己太帥了嗎？她也是要洗臉蛋刷大白牙的啊，看她來也不讓開，明明洗漱間超級無敵豪華大，他就是要在那裡霸著，那她就只好鑽到他前面刷牙，他又說她硬要擠到他懷裡占便宜……她還沒有抗議呢！他早上不到六點就爬起來訓練，打擾了她的持續性睡眠不說，而且還那什麼那什麼……唉，嘖！

梁依依斜著眼睛，頗有些譴責的看著顏鈞，反覆斟酌，覺得這是個長期問題，還是不能忍氣吞聲，於是開口道：「顏鈞……」

顏鈞瞥她一眼。

「你吶……唔，你早上那什麼的時候吧，不要用那個頂著我好不好？有時候好像晚上也指著我，硌得人不舒服。」

梁依依非常坦誠憨實的說著，就好像在說「我不想吃白的胡蘿蔔我要吃紅的胡蘿蔔」似的。其實開口說這個，她也是有點不好意思的，但無論是誰，屁屁啊、腰啊、背啊跟那一根打了一個晚上招呼，也會產生沒臉沒皮的熟悉感的。

顏鈞的臉蹭一下就蒸熟了，瞬間明白她的意思，他咬牙切齒的左右看看，渾身滾燙，恨恨的沉聲說：「妳、妳、妳管……妳管我！我、我的那裡也是妳能管的？！我想指哪就指哪，我想指著宇宙都行！」

梁依依真是很無奈，他能不能也講點道理嘛，她嘛著嘴嘆氣道：「好好好……好吧好吧，你隨便指吧，我服了我服了……」真煩死她了，就算她喜歡他，也還是要有原則性的喜歡，有選擇性的喜歡的，她不能為了一口帥鍋，就放棄睡眠這件人生最重要的事之一吧。

顏鈞還在那跟一口炸鍋似的暴跳發怒，梁依依的手機突然響了，她在捏成球形的手機上拂了一下，顯示出是梁任嬌女士的來電，她立即眉開眼笑的接通道：「媽媽——」

「妳這壞孩子，妳做了那麼危險的事都不跟媽說一下啊？媽還要看八卦新聞才知道！妳這混帳孩子，看我不戳死妳！妳有那個能耐嗎妳去當什麼英雄啊？妳還記得我這個媽嗎！」

梁任嬌女士一接通電話就開始破口說教，聽得梁依依一愣一愣的，那茫然的表情吸引了正在炸鍋的顏鈞的注意力，他疑惑的瞥一眼那手機，不動聲色的把耳麥的監聽打開。

在梁任嬌女士的說教中，梁依依總算弄清了情況。

梁女士帶來了三個讓她震驚的消息，一是……她成為英雄了！(⊙o⊙)！二是，她有了好多亂七八糟的緋聞？！(⊙o⊙)！三是，最新消息，據說奈斯皇帝知道她默默奉獻、保衛了無數貝阿精英的「英勇舉動」後，大為感動，為了嘉獎她的傑出貢獻，恩准她參加皇、帝、壽、誕？！並將親自表彰她！

(⊙o⊙)哇！

梁依依已自顧自的沉入了恍然如夢的驚喜和驚嚇感中，完全不知道梁女士在那頭說什麼了，而一旁顏鈞的臉已經黑成了宇宙的顏色，眉心擰成了一道川……

怎麼會？！怎麼可能？！這都是些什麼亂七八糟的事！

這世上不怕死的人果然只有兩種，一種是梁依依這樣的蠢貨，另一種就是那些八、卦、記、者！他都揍了他們一頓，毀了他們的攝影機了，他們到底是怎麼弄到照片的！

顏鈞再一次震怒的捏碎了監聽耳麥！

……★……★……★……

在那遙遠的、水藍色的大維列夫星球上，在某間由珊瑚雕成的高級按摩會所內，一尾色彩斑斕的魚形生物正在溫暖的漩渦水池中沉醉的徜徉，旁邊有兩尾美麗的雌性魚形正媚眼如絲的（翻白眼）在他周圍伺候，時不時意味深長的對他露出曼妙誘人的隱密女體（翻魚肚）。

這一位就是當時哼、嗤、呸三猛將中的哼同學。嗤同學和呸同學在他對面的按摩水池中羨慕的看著他左擁右抱。

哼同學得意洋洋的吐著泡泡說：「所以啊，我不是經常跟你們說嗎？機械假體上的攝錄功能也要時常開著嘛，記錄生活的每一刻嘛，只有你熱愛生活，生活才會熱愛你嘛……你看，要不是我有這個好習慣，我會有照片高價賣給那些八卦記者嗎？真是一筆意想不到的鉅款啊！咕嚕嚕……嘿嘿嘿……」

他才不怕那個顏鈞，他可是救了梁同學的大功臣，不過是幾張照片嘛，能怎麼樣？咕嚕嚕……得意洋洋的咧！

……★……★……★……

繁茂的樹叢間，接送梁依依的懸浮小車就在眼前，兩支負責保衛安全的列兵小隊整齊的站在小車左右，等待梁依依上車。

但梁依依一直惴惴不安的跟著顏鈞，嘴裡跟重播似的反覆問：「哎你說這是真的嗎？」、「不是吧真的呀？」、「見皇帝是不是要學禮儀？那趕快呀！」、「顏鈞你跟我講講？」、「你說這皇帝就像大樹一樣，只是個擺設對嗎？那他會不會很慈祥？」、「你快理我！」……

從剛才掛了電話起她就這樣，有一陣沒一陣的心慌，想起什麼就一而再、再而三的問，一瞬間覺得自己肩上的擔子重了、身分不同了，要考慮的事情也變多了……她臉色凝重了起來。

顏鈞真是懶得理她，他一直在攢眉思考奈斯皇帝的邀請，被邀請的對象是她的話，那問題就多了，隱患也多，防不勝防。

他垂眸看一眼梁依依皺巴巴的苦臉，站在智商的至高點上俯視她，秒速幾萬轉的大腦裡塞滿了預想問題和陰謀論。

老皇帝已經一百六十多歲了，風燭殘年，耳背、糊塗又健忘；皇太子已死，皇太孫懦弱無能，那些皇玄孫他一個都記不住，不值一提，所以除非有意義重大的事要藉題發揮，否則皇族的生日慶典他們一般不會到，派有身分的將領去送禮就算給面子了。

皇族的資產與領地是被圈制在狹小的奈斯星區以內的，除了星區內的固有資產，聯盟每年還會定額劃撥資金給每位皇族，各軍閥也會在節慶、禮宴、壽筵的時候送錢給這些寄生蟲，因而擺宴就成為這些不勞而獲者的一大筆進帳，樂此不疲。皇室大大小小浪費時間的宴請與慶典多得很，老皇帝的一次生日慶典就要擺十天，他們沒時間一場場應付。

但這一次，顏鈞是會去的。

由於迪里斯的流亡皇族將在後天拜見皇帝，顏鈞原計畫後天親自帶人去逛逛老皇帝的莎瑟美星宮，不過現在嘛……他抵脣看一眼梁依依，看看她那不知所謂的愁臉，看看她那一把就能掐斷的腰──防禦力：負無窮；戰鬥經驗：零；抵禦誘惑的能力：負無下限；一旦沒看住、被誘拐被套話的可能性：正無窮……怎麼想都覺得真是危機四伏！

他不禁怒從心中起，甩開她的手惡狠狠推她腦門，「蠢貨！蠢貨！蠢貨！妳懂什麼？妳這麼蠢還想去出風頭？妳還想去出風頭？！」

梁依依被推得咿咿嗚嗚的，一個沒站穩往後摔，顏鈞又一把撈住她抱回來，他覺得自己真是沒事找事做。

梁依依趴他身上揉額頭，感覺真是有些無奈，她慢慢對顏鈞講理：「顏鈞，我不是要出風頭，我只是怕犯錯誤。我知道我的聰明才智只能算是中上等吧……」

顏鈞翻白眼。

「知識雖然是有一些……」

顏鈞咬牙切齒。

「但還是有很多不懂的地方，所以我一定要不恥下問的……」

顏鈞捏拳頭。

「我現在都還覺得迷惑，我這顆小芝麻突然沾上皇帝那麼大的一張餅，真的是很奇怪。什麼英雄啊立功啊，我自己都沒弄清楚，覺得有些匪夷所思。如果皇帝真的要表彰一無所知的我，他要是問我梁依依妳是怎麼立功的呀？當時妳是怎麼想的呀？妳最想對全國人民說的話是什麼呀……」

顏鈞忍無可忍的推她。

「哎，你別推我呀，我還沒說完。你說我要怎麼回答他呢？我沒見過什麼世面嘛，我一個人突然要**進皇宮見皇帝**，要被很多人看，我會怕的嘛！」

顏鈞冷著一張臉盯著誠懇的梁依依，片刻後嗤道：「妳覺得我會讓妳一個人去？」

梁依依頓時一臉驚喜，跟春花綻放一般笑道：「你也去？那你會帶著我囉？」

顏鈞不耐煩的皺眉，為了迪里斯的流亡皇族，這次幾大家族一定傾巢而出，老皇帝這次的壽筵必然是人來得最齊的一次，埃爾那東西也會去，還有個被他揍斷肋骨的東西說不定也會去，他能讓她在這幾張血盆大口旁邊溜達？嫌她命長？

……嗯，他還真是有點嫌，再讓他煩，遲早弄死她。

顏鈞沒好氣的掏出手機，盯著通訊錄上陸泉的名字看了片刻，沉思良久，猶豫再三，煩躁許久，還是發了一條訊息過去，然後他對身後的衛兵們說：「去通知分宅的護衛隊，即刻起梁依依的保衛工作由六級上士負責，二十人以上的明防，五人以上的暗哨，安排兩個女僕跟著。」

「是！」列兵併腿敬禮，小跑向分宅而去。

他回頭看一眼梁依依，一把將她拖上懸浮小車，道：「走。」

梁依依問：「咦？你也坐車？你去哪兒？」

「妳不是要去宿舍拿書嗎？」顏鈞瞥她一眼。

「你也去？」

「……嗯。」顏鈞撇嘴。

「好。」

梁依依沒想那麼多，待車停在南岸後，她就回頭向顏鈞揮揮手，小跑跑向宿舍樓。

顏鈞抿脣看著她跑進去，緩緩從車裡走下來。

晨風拂過，他整個人在漫步下車的同時徐徐變臉，優雅、高貴、肅穆，眼簾微微下垂，睫毛的陰影堪堪映在貝阿人特有的深邃瞳仁上，猶如黑潭之中的斑駁倒影，稜角分明的粉色脣瓣無意識的輕抿，目不斜視，眼睛遠望彷彿空無一物，盡顯清貴與疏離。

——這套高貴冷豔的絕活，顏少爺練了二十年，一抹臉就來，就算他在心裡跳腳發飆也沒人看得出來。

顏鈞醒目的身影和壓迫性氣場讓半徑五十公尺內的低年級學員停在原地，有人震驚的捂住嘴。

他面無表情的站了片刻，款步走向候補生宿舍樓。

梁依依興奮的往二樓跑，一路氣喘吁吁、陽光燦爛的跟人打招呼，有搭理她的，也有懶得理她的，還有圍上來想問新晉「英雄」問題的。

她一邊打著招呼，一邊著急的撲進宿舍房間準備資料。

路過梁依依的宿舍房間、準備去上課的菲絲一眼看到了她，噠噠噠的走進來，一巴掌拍在門上，道：「梁依依學員！妳昨天晚上為什麼沒有回宿舍？無故缺勤視為逃兵，要是在戰場上，妳可是要被處決的！」大力揮手。

正在往筆電裡拷課本的梁依依慌了，道：「啊？我應該是，請了假的……」

菲絲下巴一揚，「妳向我請假了嗎？我是候補生的班長，是妳的戰備隊最高長官，妳向我請假了嗎？不要以為立了一個所謂的功就洋洋自得，聯盟並沒有承認那些！而皇帝陛下，哼，我菲絲·**安狄倫米奧**也是經常覲見的！」

梁依依擺手，「呀，不是不是，菲絲班長，我並不是這麼想的……」

「梁依依。」在菲絲的身後，一名學員插嘴好笑的問道：「妳真的指揮一隻鳥吃了內立卡海盜的王蟲？我感覺這事好假呀……」

梁依依反射性的擺手，猶豫道：「不是，其實……指揮什麼的，我也不算是……」

「支支吾吾的，那到底關妳什麼事？」另有人問道。

「到底是怎麼回事說不出來嗎？這樣悶聲不響的，是虛榮嗎？等著皇帝嘉獎妳很興奮吧？」有人尖刻的笑了，一針見血的指出。

幾名地球學員聽著這對話，對梁依依真是無言了，她既然是要面子，那就大大方方的吹噓是她指揮的、是她英勇策劃的又怎麼樣，再無厘頭，這事就跟她掛上鉤了呀，地球族人好不容易出一次風頭，他們也與有榮焉，這不是好事嗎？怎麼這麼鈍，真是烏雞插上羽毛也變不了鳳凰！

二樓走廊上，突然響起沉穩有力的軍靴落地聲，一步一音，越來越響。

顏鈞就像一道徐徐而來的寒風，吹過二樓走廊，與他迎面相遇的人，無一不是瞠目結舌、往後退縮。梁依依的二十人護衛隊停在樓下，只有一名上士跟在顏鈞的身後。

兩旁的女生們逐漸起了騷動，咿咿嗚嗚的捂著嘴，喉嚨裡跟卡了痰似的壓抑著尖叫，想大叫姐妹們來看「天痕之光」又怕旁邊那個凶光畢露的士官，想跳回宿舍打電話傳信又捨不得不看，好想大吼一聲撲上去又怕有生命危險，只好全身抽搐的以小碎步慢慢圍過來，一雙雙眼睛跟燈泡似的照著顏鈞……

這樣走了幾步，顏鈞真是忍無可忍了，低年級區果然是龍潭虎穴，不應該輕易進來。看來是他的決定太草率，沒有考慮實際情況。

他本來考慮，為了要在拜見皇帝時有正大光明的理由貼身看住她，又不引人懷疑，唯有扮演她的「男朋友」這個角色是最方便、最理所當然的，而要在最短的時間內「確立」這層假關係並擴大宣傳，作為男朋友，他應該是要來接她去上課的，但現在看來，這個任務比紅塔的超X級任務還要難，小怪太多了。

他惱怒的看一眼朝他聚攏的「小怪」們，對羅談上士道：「進去把梁依依叫出來，馬上走，快點。」

上士領命，跑步前進，迅速找到梁依依的宿舍房間道：「依依小姐快點，少爺在等妳！」梁依依抱著筆電，被這位士官強拉出來。菲絲見梁依依竟然無視她的喝問就要跑走，追出來斥責道：「梁依依學員！妳……」

五公尺外，顏鈞看了她一眼。

菲絲一個哆嗦，茫然失語，不敢置信的看一眼不遠處的那人，又看看左右。旁邊的人也跟她一樣，迷茫又困惑……

梁依依小跑到顏鈞面前，也是滿腦子問號，傻傻的問：「哎？你來這裡幹什麼？你不是要我假裝不認識你嗎？」

顏鈞真想一口咬死這隻蠢貨——妳聲音要不要再大點？妳實話再多講點？

他俯視梁依依，調整生硬的表情，聲音猙獰沉鬱，溫柔如水——強硫酸水——的道：「我、來、接、妳……」末了瞥一眼周圍的「小怪」，又殺氣四溢的加上一句：「寶、貝……」

哎呀媽媽好可怕……梁依依縮起小肩膀想跑，被顏鈞不由分說的牽住手，硬拽著揚長而去。

……★……★……★……

材料分析課——

材料學的金老師在講臺上嚴厲的敲了敲桌子，嗡嗡作響的教室內安靜了片刻，但她一轉過身，學生們又再次不可抑制的嗡成一團。

金老師無奈的嘆了口氣，她微微偏頭，看一眼低頭坐在第二排的那位女學員，看上去乖乖巧巧、貌不驚人，但就連她也忍不住想多瞧上兩眼，原因當然不是因為這位女學員本身有多特別，而是她……據說她居然是……

梁依依獨自坐在第二排，微微彎下白嫩的脖子，認認真真的看著桌上的筆電——上面的手機。

沒辦法，從一坐下開始，顏鈞就吵個不停。

她點開顏鈞的訊息。

顏鈞：喂！妳在想什麼？！

顏鈞：我告訴妳妳別多想！

顏鈞：我告訴過妳了這是一種戰略！

顏鈞：是假的！

顏鈞：妳敢不回我的訊息？！

梁依依：哦。

梁依依：不是呀，我打字慢吶！

顏鈞：蠢貨！妳居然用打字這麼原始的方法，妳不知道用八象位編碼輸入？！

顏鈞：妳的「哦」是回我哪一句？妳到底明白沒？我說的話妳記住了沒？！

梁依依：明白呀……你不喜歡我的嘛。

這條慢慢發過去後，梁依依的手機總算安靜了片刻，她有些心虛的抬頭看一眼金老師，見她似乎沒有注意到自己不務正業，便又把手機藏下來一點。

這時顏鈞的訊息又蹦出來了。

顏鈞：我問的是今天的安排！記清楚沒？！

顏鈞：記得請假！

顏鈞：回話！

梁依依：記得的……下午的課提前請假，中午你來接我，我們先去一趟卡繆上將那裡，然後要去挑衣服和首飾，接下來我要認真接受你的教育，你很忙的，我要配合好你。

顏鈞：嗯。

顏鈞：這還差不多。

顏鈞：行了，妳不要老是發訊息煩我了，我要聽課了！

顏鈞：聽到沒？！

梁依依：好的……

梁依依鬆了一口氣，把手機收起來，好歹可以認真聽課了，雖然周圍還是有些吵，總有人目不轉睛的盯著她或者指指點點，動靜這麼大，就算遲鈍如她也感覺到了。

她微微抬起頭，有些猶豫的回望一眼，「咻」的一聲，那些指點的討論與聚焦的視線便如被驅趕的蒼蠅般一哄而散，友愛的同學們該做什麼就做什麼，井然有序，但是她一轉回頭，嗡聲又響起來了。

在這樣的背景音樂中，梁依依上完了兩堂課，還好她是在梁任嬌女士的「愛的教育」（嘲笑與唾棄）中長大的，見慣了大風（梁女士的罵聲）大浪（梁女士的唾沫），所以對當面與背後的議論一貫比較麻木，不管他們在說什麼，又不傷身，小case啦！

課桌上的下課燈一閃，金老師便收講義走人，下講臺的時候還特別拐到梁依依的課桌邊瞄了一眼。

梁依依慢慢把東西收好，她的身邊已經猶猶豫豫的聚過來一群面帶笑容的女生，梁依依回頭看看她們，很主動的笑道：「阿米恩～」

女生們立即一屁股圍坐在她旁邊。

「依依，妳笑起來好親切……」

「我以前就很想跟妳一起上課，記得嗎？妳還給我吃過零食。」

「是啊，我也吃過的……」

「哦……」梁依依應接不暇。

梁依依的二十衛士一見這群情湧動的激動情況，迅速小跑進教室，訓練有素的伸臂將其他人隔開，把梁依依保護在安全範圍內。

梁依依驚訝的擺手說：「咦？不用這樣，不用吧……」

教室外，正常人俱樂部的一群人遠遠往這邊望，有人推了薛麗景一把。

薛麗景被推得往前一步，小小嘆口氣。她慢慢走到門口道：「梁依依，去吃飯吧？」

往常她們都是一起吃中飯，一群地球同學都是正常人俱樂部的，薛麗景積極的帶著梁依依，當然還有……林姚。

不過今天林姚說……身體不舒服。

梁依依一見薛麗景，立即抱上東西跑過去，兩隻黏黏糊糊的在一塊湊了會兒。

梁依依遺憾的說：「薛麗景，今天我們不能一起吃飯，今天中午我有一些事情，下午我也要請假。」

「哦。」薛麗景點點頭，眼珠轉一轉，很想問什麼事來著，又不知道合不合適問。唉，什麼時候跟梁依依也有不好說的話了呢？這感覺真不好。

林姚現在那個樣子，人人都迫不及待把她當笑話看。雖然她一直在蒼白的強調，她老早就說過這些事只是誇大其詞的緋聞，但誰還理會這些呢？要嘛就把她當作挖空心思攀附顏鈞而不成功的人看，要嘛就把她當異想天開、吹牛虛榮的女人看，真是有點牆倒眾人推的感覺。

看著林姚強自鎮定的臉，薛麗景心裡很難受，再說顏鈞少爺和梁依依到底是怎麼回事，她還不清楚嗎？那位顏少爺當面強調過，他對梁依依沒感情，那麼他現在這樣做，或許有著某種原因？她真是想不明白，但她不敢問。

唉，就不問也不說吧！聰明一世的薛麗景，這時候居然只能裝聾作啞啊！

她只祈禱依依不要跟林姚一樣，落到被戳脊背嘲笑的境地。

「那好，我走了哦。」

薛麗景捏捏梁依依的手，她剛剛跑回同學身邊還沒來得及說話，那邊就緩緩降下一輛懸浮車。只見顏鈞從裡面走下來，揚起他英俊無儔的臉，朝梁依依伸出一隻手，梁依依連忙跑過去，牽著手手上車了。

俱樂部的小K目送這輛來也匆匆去也匆匆的車離開，從屏息與呆滯中回過神來，不禁匪夷所思的搖搖頭，「嘖。」

露絲也搖頭，「真是無論如何也想不明白。」

「還要想什麼呀？一看就明白了。林姚炒作的緋聞，這位少爺之所以不否認也沒理睬，那是因為不屑一顧，所以就助長了林姚的膽量。但是這一個剛被八卦臺爆出來，大家都還沒非議她呢，顏少爺就出來用事實說話了，看那護衛隊的排場，還帶女僕上課，生怕我們騷擾她了。這位少爺心裡疼的是誰，還用說嗎？」

「之前不是有人問林姚，怎麼他連個人都不安排給她嗎？林姚還笑而不語。嘖，什麼呀，看看她那空蕩蕩的硬撐勁，再看看這個，這才是正主的架式！」

「我都替姚姚不好意思，她還真是，膽大……」

「梁依依……梁依依？我還是想不明白……老天在想什麼？我還是覺得很假。」

「妳就別想了。哎，薛麗景，我覺得……依依好像比較老實一點，沒有林姚那麼精明，她……妳說，她懂得為我們爭取利益嗎？」

薛麗景癟起嘴想了想，嘆口氣道：「我們還是去吃飯吧。」

……★……★……★……

西岸，卡繆的實驗樓──

卡繆坐在一架……全智慧輪椅中，右肋還綁著生物膠帶，一貫凜然威嚴的臉在這樣的情況下，居然也流露出幾許蒼白的病弱感。

梁依依看了一眼又一眼卡繆上將的肋骨，覺得顏鈞真是有點過分，她頗帶譴責的看一眼顏鈞。

顏少爺蹺著腿坐在梁依依右側，接收到她大逆不道的眼神，果斷迅速回瞪不二話。

卡繆把他做好的訓練模型投影出來，看一眼顏鈞道：「我準備為梁依依學員進行初步講解了，這個，無論如何也屬於我個人的研究成果，請你迴避。」

顏鈞聳肩，「我想並不必要。」他瞥一眼梁依依，傲然道：「她的，就是我的。你要知道……」提高聲音說：「我是她的男朋友。」

卡繆操作模型的手一頓，眼簾微妙的一抬，又迅速垂下。

顏鈞繼續說：「以她的智商，實在不見得能理解老師您的學術，我可以幫她。我們不是早就達成過默契了嗎？您的研究成果是與我共用的，對嗎？」

卡繆此時垂著頭，手默默的放在模型上，腦中……竟有著羞愧與尷尬。

原來……他對……自己學生的女朋友……做了那種事……

他此時才明白，為什麼顏鈞昨天會突如其來的暴怒，做出莽撞不敬、冒犯師長的事情。他本來將之當成是一名紈褲子弟的暴戾脾氣，且他自己的暴躁也不遑多讓，所以今天是本著主動給顏鈞一個臺階下、作為長輩原諒他的態度見他一面……可原來是這樣，是他先做了……不合適的事。

想到這裡，他的手突然僵直，難道顏鈞知道他做了什麼？！那麼梁依依記起來了？！

卡繆上將迅速的看了梁依依一眼，如鷹般的雙目竟有些許慌亂。

心理暗示和倒攝干擾果然不能完全抹去記憶，覆蓋法終究不如生化辦法做得乾淨……他一生的羞恥與卑劣幾乎凝聚在這一件事上，如果她記起來……

顏鈞奇怪的看一眼卡繆，正要提醒一下時，手機突然響了。

他接起來片刻後，表情忽然變得凝重，草草對卡繆道：「我出去一下。」便大步走向走廊。

梁依依反射性的回頭看一眼顏鈞，然後又端正坐好，靜靜等待卡繆老師的教導。

卡繆一直低頭皺眉盯著那顆投影訓練模型的水晶小球，此時在梁依依真誠又期待的眼神中醒悟過來，開口講解了幾句訓練模型的用法，忽而又沉默下來，轉動椅子，面向著牆壁，不知道在想什麼。

梁依依有些愣。卡繆上將是在面壁發脾氣嗎？為什麼？是不是因為她沒有提出問題或者回應他的講課？還是因為不想看到她？

她遲疑的靠近卡繆上將，微微舉手道：「老師……我有一個問題。」

卡繆對著牆沉默許久，才道：「講。」

梁依依撓撓臉，「我的問題是……你說，我可以透過模擬這個來逐漸掌握、實體化被我吸收的β能量……但我還是……不是很熟悉到底怎麼訓練。」

「照做，模擬，思考……就會了。」他依然背對著她，「妳可以吸收這麼多β能量，但迄今為止，沒發現妳能夠以任何途徑使用它們……我想，這是不科學的。有吸收，必然要有釋放和使用，我認為妳不可能真像一個能量黑洞般只進不出。」

「如果總是不使用，也許會有不利於物質身體的事發生。這是我參照文大師的理論製作的訓練方法，沒有經過實踐，我也從來沒見過有人能將能量實體化，妳……」他微微轉身，伸手將那顆水晶球從解碼機上取下來，遞給梁依依道：「妳拿回去先照著練吧……不懂的，可以問我。」頓了頓，他又道：「也可以問顏鈞。」

梁依依懵懂的接過球。他不是說要詳細講課嗎？怎麼用這麼幾句話就打發她了？看這樣子，是在趕她走的意思嗎？

門外，顏鈞掛斷了電話，臉色前所未有的陰沉冷峻。

陸泉剛才報告……內立卡海盜的襲擊……或許與皇室有關。

……皇室。

顏鈞瞇起眼，刀削般的俊臉上籠罩一片陰霾。

這些皇族寄生蟲們，似乎惦記起了曾經屬於他們的遙遠權力？

呵！

——溫室中尸位素餐的皇族們……這可不是什麼好玩的遊戲！

第八章✦互毆情侶的第一支舞

空茫宇宙，猶如黑色熔爐，幽深無垠，星火四濺。

在暮色晶痕通往奈斯星區的直航道中，兩支收縮為三角陣型的獨立團，組成了一支扇形的戰鬥旅，正在快速的向奈斯前進。

這支戰鬥旅隸屬於聯盟第三集團軍。第三集團軍為薩夫軍區所轄。薩夫、沃倫、灰土等八個軍區，一共下轄有二十九個師，這二十九個師由同一名將軍統帥；而對於這二十九個師來說，聯盟編制下的番號只是其莫須有的外殼，真正主宰著軍隊靈魂的，是他們共同的外號——夜旗軍。

聯盟的軍事編制與其政體一樣，都不過是有名無實的空殼而已。最高層為聯盟總司令部，但總司令部裡面沒有總司令，只有八位將軍，其中擺樣子的貴族傀儡有三位，真正手握重兵、決定貝阿聯盟命運的，是另外五大姓的將軍。

而盤踞著八個廣袤軍區，統轄著二十九個師的夜旗軍，屬於顏氏。

顏氏的祖輩並非土生土長的貝阿人，作為一支被故土驅逐、勢力並不雄厚的流亡軍，他們加入貝阿聯盟的時候，昏聵腐朽的奈斯皇族已經式微，各系軍閥藉著抵禦外敵之名，行內鬥割據之實。而這支由顏姓將軍統馭的流亡軍隊既奮勇又狠辣，在紛亂的局勢中屢建奇功、異軍突起，可謂一支吃人不吐骨頭的虎狼之師。

百年之間，顏氏雄壯如今。

對於顏鈞來說，他每天打開貝阿星航圖必定要思考的問題，是計畫著怎麼把拜倫手裡的這片礦區變成他家的，又如何把西蒙家的那塊自貿區變成他家的，再怎樣把拉瓦德手裡的那個躍遷點也變成他家的；至於姓李的蹲的那片窮地方，他暫時還看不起。

沒錯，顏少爺胸襟廣闊、壯懷激烈，眼前這些幽深的星域遲早都是他的，就算不是他的，那也是他兒子的，不是他兒子的，那也是他孫子的。割據與和平只是瞬間，吞噬與戰爭才是宇宙的永恆主題。

他不去惦記別人碗裡的就算好了，居然還有人敢惦記他盤子裡的？

找死！

平穩前進的鐵灰色戰鬥旅中央，拱衛著一艘線條流暢、外觀華美的大型禮賓艦。禮賓艦的控制室內，有八個人圍坐在橢圓形會議桌邊。

顏鈞作為禮賓艦的主人坐在主位，而另外那七人來自四大軍閥家族，有長有幼，大家平素都懶得搭理驕奢淫逸的奈斯皇室，但這一次齊刷刷現身，且各個身後攜帶重兵，撇開迪里斯皇族的因素不談，還有一個原因是大家心照不宣的——

有些人需要敲打了。

顏鈞與他們時而講上幾句，時而沉默不語，大家的關係雖不見得多麼融洽，但由於共同利益所趨，談話間還是推進得很順利。

而在這艘大型禮賓艦的某間臥室內，坐著一位身著曳地長裙的少女，她此時捏著手機，也在進行著有一句沒一句的「嚴肅」交談。

梁任嬌女士正在那頭教育她，「梁依依，我再次再次警告妳，等會兒妳不准給我吃多了，注意一下形象和身分，妳聽到了沒？！」

梁依依委屈道：「媽，其他人都是要孩子多吃點，就妳老是囑咐我少吃點……」

梁任嬌大聲：「關鍵妳是其他人的一般孩子嗎？唉，真是往事不堪回首，媽為了養妳啊，六本存摺妳吃啊吃啊的就沒了啊……（省略一千字）所以說，梁依依妳做事帶帶腦子，妳好好想想，妳現在代表的是什麼？是億萬萬的地球人！是一張大臉！那什麼皇室宴會也不見得很好吃的，妳就把那些玩意想像成大白菜，聽到沒？！」

梁依依小聲道：「大白菜也挺好吃的……」

梁任嬌道：「還敢頂嘴！」

梁依依乖乖閉嘴，伸手揪著長裙上的一朵小花。

梁任嬌道：「總之，這是我要強調的第一件事。還有第二件，咳……那個，妳那個，男朋友，是、是叫顏鈞啊……」

梁依依微微一愣，有點羞臊了，「哎呀，媽……」

梁任嬌說：「羞什麼！媽跟妳講啊，媽都聽說好多事了，一些有的沒的。妳那個同學，林姚，她舅媽以前跟我同個社區的，她媽媽和舅媽早上打電話到我這裡來吵，說妳是小三，撬她牆角，哦喲還說了好多難聽的話。」

「我當然知道一定不是這樣了，妳要是知道當小三撬牆角，我做夢都要笑醒了，所以我就理直氣壯的跟她們爭論。我梁任嬌當然不會罵人了，這個素質擺在這裡，所以我就……（再省略一千字）唉，總算說跑了她們。但是依依啊，媽媽就想問問妳，妳那個男朋友，他……他真的是那個顏鈞？顏煦將軍的兒子？」

梁依依點點頭，「嗯……」揪裙子。

梁任嬌大惑不解，「那他眼光這麼不好看上妳啊……」

梁依依噘嘴，「媽……」

梁任嬌道：「哎呀，媽也不是那個意思，妳很好妳很好，我們依依好著呢……唉，我想也是的，不然怎麼莫名其妙有人硬塞家餐館給我，還不由分說把我放在這裡待著？這硬邦邦的作風，女兒嘛不給看，問妳嘛又支支吾吾的，妳乾脆直接跟我講是交了個不講道理的男朋友嘛，他這個作風我是很不欣賞！」

「是，他是大將軍的兒子，很高貴，但我梁任嬌不稀罕，想當年我呀……（又省略一千字）所以梁依依，我嚴格規定妳一件事，在我嚴厲的仔細的考察過他之前，你們倆絕對絕對不准做壞事！」

梁依依愣了一下，一時沒接話。

梁任嬌倒抽一口冷氣，「你們不會已經做過了吧？哎呀妳個死丫頭！」果斷開罵。

梁依依聽了半分鐘才明白過來，臉一紅，擺手道：「沒有，沒有，沒有做很多……」

梁任嬌女士再抽一口冷氣差點跳起來，「什麼叫沒有做很多？！你們……妳……妳這蠢女兒，我就知道妳好騙！一有吃的就跟別人跑了blablabla……！」

梁依依一時口笨嘴拙，她的本意是，沒有做程度很深的壞事呀……

好不容易把梁女士哄好，解釋清楚，安撫到位，再聆聽了半個小時的教誨，她終於如釋重負的掛掉了電話，然後點開短訊看了看。接電話期間，薛麗景已經發了好幾條訊息報告行程。

這一次皇帝的生日壽筵，不光以嘉獎為名邀請了她，還邀請了哼、嗤、呸同學和薛麗景同學，皇室的使團還特別強調請梁依依帶上她那隻鳥兒，可以說是邀請了那天與蟲族對峙時的所有相關人物，並準備了一艘禮賓艦接他們，態度可謂非常周到熱絡。

顏鈞自然是一眼就把問題看穿了，梁依依當然是無論看多少眼也看不穿，所以此時顏鈞坐在控制室內與人氣氛凝重的一起死腦細胞，而梁依依則坐在臥室裡一身輕鬆的煲電話粥。

與薛麗景胡扯了一會兒後，梁依依把手機捏成球收起來，拎起長裙的裙襬、光著腳走出了臥室，高跟鞋的細跟有點絆地毯，在飛船上她不太想穿，而她準備去廚房裡先吃一頓墊墊肚子。

梁女士對待女兒的態度雖然像秋風掃落葉一樣的殘忍無情，但她說的話還是有道理的，所以她現在先吃一點，等會兒為了維護地球族裔的面子，就少吃點「大白菜」。

控制室內的顏鈞等人交流完畢，正好打開控制室的艙門陸續走出來。

梁依依沒想到會遇上這麼多不知哪來的陌生人，飛船通道就這麼大，她拎著裙襬進退兩難，只好低頭讓到一邊。

拉瓦德的長子古賴爾與李氏的三位公子都目不斜視、行色匆匆，西蒙家剛從前線歸來的長子葛蘭也從梁依依面前淡漠走過、視如無物，次子達西的表情同樣冷淡，但經過她的時候，輕如煙雲的淡淡瞥了她一眼；門奇不緊不慢的垂頭綴在後面走，他的胞弟埃爾揉著眉心大步超過他，但走了幾步又退回來。

梁依依抬起頭，看到埃爾笑咪咪俯視著她的臉。

「嘩……妳今天很美。」埃爾笑道，上上下下仔細的看她，然後出人意料的蹲下捏住她的腳，揉了揉道：「怎麼不穿鞋？」

梁依依還沒來得及後退，埃爾就被迅速閃出來的顏鈞一腳踹翻。

埃爾笑呵呵從地上爬起來，不以為意的朝梁依依擠擠眼，聳肩往外走。

顏鈞用眼刀剜了一下這狗東西的後背，低頭看了眼梁依依的白腳丫，瞪道：「跑出來幹什麼？怎麼不穿鞋？」

「高跟鞋絆地毯呀，我去廚房又沒多遠，就光腳出來了，沒想到會有別人。」梁依依動了動兩隻大腳趾，抬起頭盯著顏鈞道：「顏鈞……我餓。」

「餓去廚房吃啊，還要我餵？越來越異想天開了妳！」顏鈞眼神凌厲的一指廚房。

「不是肚子啊，是說那個餓……你什麼時候再暴動啊？」梁依依嘆氣，她又開始心慌心煩的饑餓了。

顏鈞皺眉：「哪有那麼快又突破……很餓？」

「嗯，很餓……」十八年來梁依依對梁媽說的最順溜的一句話，現在終於換對象了。

「嘖，先吃，吃飽妳這個肚子再說妳那個『肚子』！」顏鈞睨了她一眼，捏著她的手往廚房走，見她拖著長裙一腳絆一腳的，便不耐煩的一把將她抱起來大步離去。

艦門外的對接通道處，埃爾摸著下巴正在深思，剛才艦門緩緩關閉的瞬間，他靈敏的雙耳捕捉到幾句話，唔，那是什麼意思呢？讓他啟動他聰明的大腦，好好想一想……

他身旁的達西淡淡瞥他一眼，若有所思的回頭看禮賓艦艦門，然後不著痕跡的調回視線，繼續等待飛船對接。

……★……★……★……

入夜，莎瑟美星宮——

今夜的莎宮流金滴玉、燈火輝煌，占地數百萬平方公尺的宮殿群，在夜色之中亮成了一朵盛開的花。宮中樂聲不斷，擅長音樂的莫福爾小矮星樂團在殿堂的門廳及走廊中，沉醉的演奏著優雅宜人的音樂，既點綴了壽筵歡欣的氣氛，又不失皇族晚宴的大氣端莊。

遠道而來的貴賓們在一張張圓桌邊團團落坐著，舉杯共慶皇帝赫爾都拉十世的一百六十七歲生日，人人臉上掛著矜持得體的微笑，聆聽貴族及聯盟代表們的祝辭；長袖善舞、醉心社交的貴族尼克．沙勒斯正舉著酒杯，發表著精采演講，圓桌邊的人們看似認真的凝神聽著，時不時小口淺酌美酒，偶爾嚐一嚐美味的菜餚。

順著悠揚飄蕩的音樂聲一直向東，在距離舉行晚宴的羅訶羅蒂斯大廳上千公尺遠的一座偏殿房間內，赫爾都拉十世的一名皇孫與兩名皇玄孫正相對而坐，他們棕褐色的長髮垂在肩頭，不約而同的皺眉凝重，正有一句、沒一句的交談著。看上去他們是三人在對話，但是仔細一聽，還能聽到其他「人」的聲音。

那聲音不大，但是極為堅決憤慨，而且似乎是有多「人」在激烈的吵嚷，「報仇」、「綁架」、「捕捉」、「殺光」等字眼層出不窮的蹦出來。

聽對方吵完後，奈斯皇室的第五順位繼承人，頭髮已經斑白的默爾克殿下沉重的搖搖頭，嘆息道：「不，這太不切實際了。軍匪的後代們這次是帶兵來的，雖然各家只帶了一、兩個團，說是沿途護衛和順便演習，但是我想他們也許已經有所懷疑了，或許他們是為了迪里斯的流亡皇族才這樣大張旗鼓，而我……我確實感到了……感到了一些……」

「你害怕？你害怕了？！」地上的一名「發言人」跳了起來，爬到一張細腳椅上，擺動觸鬚，怒道：「你難道要退縮嗎？你這隻脆皮臭蟲！難道你要繼續當空殼的皇子嗎？那麼我們的誓約呢？

你答應我們的條件呢？我們的核晶和糖呢？我們的王死了，我們必須復仇！」

「必須復仇！必須復仇！」

「殺了那幾個人！殺光他們！」

另外幾名內立卡蟲族激憤的回應著。

作為發言人的米窸蘇窣西里斯一族的大長老繼續道：「我們內立卡蟲族可不是能夠輕易糊弄的，你已經把那幾個人都弄過來了，為什麼又猶豫了？接下來只要給我們機會，只要有機會，其他都不用你們管！」

「哼。」默爾克殿下的長子納達冷冷道：「你們殺光他們、復仇了，接下來呢？我們一開始並不知道其中那個人是顏鈞的女人，而那隻桂冠金巴格鳥，竟然是顏鈞最心愛的寵物。要是把這兩位殺了，你認為我們接下去的行動還能低調順利的開展嗎？我們已經做了最大冒險的讓步，我們會將另外那四人拖住，等到這些軍匪走了，要悄無聲息的料理幾個平民還不容易嗎？」

「可是最凶狠的犯人是那隻鳥，還有那個指揮鳥的女人！他們身上一定殘留著王最濃烈的費洛蒙，我們之所以要把他們抓回去燒掉，更主要的原因是為了女王！」

「如果不把帶著前一位王臨終費洛蒙的屍骸在她面前燒毀，她就會催生出自我抑制素，不接受下一位王，且會進入長達半年的休產期！對於我們蟲族來說，女王半年的休產期就是滅族的危機啊！我們一定要燒了他們！」

「燒了他們！燒了他們！」

「我已經說了！」納達殿下重申道：「你們大可以燒另外四個。他們當時也在場，身上一定也有臨終費洛蒙，他們同樣是你們的仇人，殺了他們，我們可以輕鬆的抹平後續事情，這不好嗎？」

大長老的觸鬚在憤怒的抖動，牠沉默了很久，在細腳椅上來回爬了幾圈，才道：「殿下們，從一開始，我們的王就做好了打算，不僅僅只幫你們做這一票。既然已經開始了合作，那麼不光我們米窸蘇窣西里斯一族，整個內立卡蟲族都會成為你們源源不斷的堅強後盾。」

「你們同時也聯合了多德人，我知道如果我們綁架軍閥和貴族後代成功，你們將與多德人一起內外合作，展開後續行動。很可惜就因為那幾隻軟殼鼻涕蟲，我們的計畫被打亂了，現在這麼被動，難道他們不是罪魁禍首，不該死嗎？」

大長老說著說著人立起來，露出肚皮上蒼老的灰色斑點，牠兩根觸鬚交互碰了碰，略微定神才繼續道：「而且你們不要因為計畫被打亂了就驚慌退縮，內立卡蟲族有個好主意！」

「只要你們答應我——如果你，默爾克殿下，在我們的幫助下最終奪回了貝阿星系，登上真正的皇帝寶座，那麼第一要將那個女人和那隻鳥殺了，為我王報仇！第二，要將東部黑森林星域中的五顆礦星給我們，我們只要五顆！」

「哦，是啊，還要幾顆農牧星！種滿了大葉甘蔗和碧茫果！我喜歡蔗糖！」

「還要有月棉糖！我喜歡棉棉糖的口感！」

「明明帶酒味的盧克甜橙更美好，那種糖分更有內涵！」

「閉嘴！」大長老恨鐵不成鋼的喝斥這幾名沒出息的跑題長老，擺動著觸鬚問：「怎麼樣，殿下？蟲子的要求很簡單！」

默爾克殿下與自己的兩個兒子對視一眼，然後向大長老說道：「這個要求確實不過分，請您講講您的高見吧。」

大長老立著道：「我們內立卡蟲族是宇宙中數量優勢強大的海盜種族之一，這個宇宙中的每一個角落，都曾留下過我們探索的足跡，雖然我們的文明等級低，但我們的見識並不淺。我知道貝阿聯盟即將收容迪里斯的流亡皇族，對嗎？」

默爾克點頭。

「你們根本就不了解遙遠的迪里斯，就敢收容他們？殿下，你知道為什麼迪里斯這幾位皇子公主在宇宙中流亡跨越了千萬光年，都沒有落地生活嗎？」

默爾克自然不知道，只能搖頭。

「因為他們一直在被追緝，被我們的同行，一個異常強大的海盜團追緝！詳細原因不清楚，也許與迪里斯的皇族仇殺有關係，也許是別的原因。那個海盜團來自卡美拉星系螺旋星雲的深處，非常有名，連在高等級文明的卡美拉星系都能有這麼大的惡名，請殿下想想他們有多厲害！」

默爾克默然聽著，半晌才問道：「這個跟我奈斯皇室的事情，有什麼關係嗎？」

「當然有關係！迪里斯皇子們之所以想加入貝阿，可能是因為這裡離他們的曼寧大星系群實在非常遙遠，讓他們感到了安全，而且貝阿的文明等級不高不低，正適合他們控制。所以這群心懷不軌的人形生物，實際上也是殿下你的競爭對手！他們的壽命長於你們，文明高於你們，能力強於你們，即使他們總共只有一百人，也足夠讓人感到害怕吧？！但是——」

大長老有些激動，得意的用前足擼了擼觸鬚，道：「如果讓迪里斯皇族與貝阿的軍閥們緊密聯合起來，而我們聯絡到遙遠的十字梟海盜團，由我們與十字梟合作，煽動一場殲滅迪里斯皇族和貝阿軍匪的戰爭，豈不是很妙？！」

「太妙了！太妙了！」蟲族長老們附和。

「高等級文明在一眨眼間毀滅一個低等級文明，這是相當容易的事情！事實上，如果你們不主動聯繫十字梟，最終也可能會被捲入迪里斯皇子們帶來的災難中。宇宙法雖然規定高等級文明不能無故越兩級干涉低等級文明，但是由於貝阿人收容了迪里斯皇族，十字梟海盜團就完全有了理由長驅直入，大開殺戒！」

「所以我說的這個辦法，是對殿下們來說最好的辦法，既能借助十字梟的力量消滅或削弱貝阿軍閥，剷除迪里斯皇族的威脅，還能保住自身，說不定還能得到迪里斯皇族的『奎拉』！」

默爾克的眼睛驟然一亮，他身後的兩名皇子興奮得差點站了起來。

「這一切只要我們內立卡蟲族……能夠聯繫到十字梟。」大長老挺起肚子，揚起觸鬚，慢慢說著。

默爾克深吸一口氣，抿嘴一笑，鄭重道：「那麼，一切就有勞您了，大長老閣下！」

……★……★……★……

羅訶羅蒂斯大廳內，晚宴已經進入尾聲，即使盤中的精緻美食琳琅繽紛、幾乎還保持完整，貴賓們也很少再食用，只是小聲的交談言笑。

梁依依筆直的坐著，手裡緊緊握著一只盛滿低度果酒的酒杯。按照貝阿的宴會禮儀，夫妻及男女情侶不能鄰座，因此顏鈞遠遠坐在另一桌，而薛麗景身分不高，坐得就離她更遠了。

梁依依的右手邊是一位叫葛籣的硬朗男子，左手邊是一位叫達西的俊逸青年，這兩人身上有著極其相似的優雅氣場，禮儀周到，很少進食，與別人說話時如同吟詩一般悅耳清淡。這種端得很高、很鎮定的貴族氣息，比空有貴公子外表卻有著屠夫內涵的顏少爺明顯高了好幾個層次，讓來自城鄉結合部的梁依依特別緊張。

她基本上不敢動盤子裡的食物，瞥到旁邊兩人在與人說話的時候，她才敢悄悄切一點嚐嚐，其他時候她就直勾勾的盯著餐盤嚥口水，然後默默的喝果酒，把快要流出來的口水喝回去，看一眼餐盤，喝一口果酒，看一眼餐盤，喝一口果酒……有鱈魚味的果酒、雞汁味的果酒、還有龍骨味的果酒……直喝到她兩頰酡紅。

出於禮節，達西與葛籣本來應該與坐在旁邊的女士梁依依交談幾句，或為她倒酒，但是每當葛籣側過頭準備悉心問候一句時，梁依依便把頭一埋猛喝酒，那架式就像要把被子啃爛似的，比小孩吸奶還來勁。

「……」葛蘭揚眉，對顏鈞的這位女朋友微感詫異。

片刻後，晚宴終告結束，接下來自然是一場舞會，貴賓們陸續起身，悠然走向倪卡爾大廳。梁依依放下被她啃了一個多小時的酒杯，拿起桌子上那把舞會用的小扇子，小心翼翼的起身，沒想到頭一晃，高跟鞋差點踩到裙襬。

達西迅速伸出手，在她腰上扶了一把，保持著禮貌的距離，淡然問道：「頭暈？」

他不經意的低頭看一眼梁依依，她臉頰粉嫩紅潤，兩眼略帶醺醺然的濕意，或許是因為喝酒的緣故，又或許她本身就有一雙這樣的眼睛，一身米白長裙裹住穠纖合度的少女身體，靠著他的手在站穩後還無意識的撓了撓臉，似乎是個容易害羞的嬌憨少女，不過……

他詫異的皺起眉，看了一眼她順勢很自然就靠在他手臂上的身體，這是……什麼意思？她這是喝醉了？還是習慣性靠著別人？還是……別的意思？

另一桌，奈斯皇室年幼的茵琪斯小公主嬌聲纏著顏鈞，要他等會兒一定要跟她跳第一支舞，顏鈞正在措辭委婉的拒絕她，晃眼一瞥，居然看到梁依依那蠢東西揉著腦袋，幾乎歪靠在達西懷裡！他低聲對茵琪斯道一聲抱歉，大步走過去，一把將梁依依拉回來，一臂箍著她的肩把她帶遠一點，低聲喝道：「妳在幹什麼，為什麼靠著達西？」

梁依依晃了晃腦袋：「我沒靠著他呀。」

「還說沒有！」

「沒有呀，我站著呢。」她一邊舒舒服服的靠著顏鈞，一邊坦蕩蕩的說：「我站著呢。」

顏鈞翻白眼，他知道她是有點沒骨頭的毛病，能躺著不坐著，能坐著不站著，只要有東西靠，就會跟磁石吸鐵一樣無意識的靠過去，沒想到在這裡也能犯蠢。他低頭看一眼她臉上那兩團雞蛋似的紅暈，伸手推她腦門：「妳喝酒了？喝醉了？」

梁依依食指與拇指一掐，比劃了一個一咪咪的手勢道：「喝了度數很低的酒……但是沒有醉，只是有一點點暈。」

「那不跳舞了？回去睡？」

「好。」梁依依很乖的點頭，不忘提要求：「回去嚐一點宵夜再睡吧。」

「嘖。」顏鈞有時候真是想揍她。

他帶著梁依依走了兩步，又覺得不妥，奈斯皇室和內立卡海盜不清不楚，邀請梁依依過來居心叵測，放她回去睡不見得安全，他還是只能把她拎在身邊帶著。

「不行，先別回去睡。我們先去舞會上露露臉，按慣例必須要跳一支舞，跳完這支舞意思一下就回去。」

「好。」梁依依反正聽話。

在以富麗的黃銅色、端莊的深咖啡為主色的倪卡爾大廳內，衣香鬢影，杯觥交錯。

薛麗景正僵直著背舉起手，被哼同學牽著，兩人（？）在大廳邊緣像螃蟹般橫來橫去的跳舞，她覺得她看上去肯定蠢極了，跟一條在水缸裡吐泡的魚跳舞不說，還跳得這麼硬，真是出盡洋相。不過他們絕對不是最醜的，嗤同學和呸同學找不到女伴，只好兩兩相對，兩具鐵塔大漢的身體相擁著，在他們附近搖來搖去。

哼同學凝重認真的鼓起眼睛，盯著薛麗景，以紳士的口吻道：「薛小姐，妳的眼袋真美。」

薛麗景默默的看了他一眼，半晌道：「謝謝……」混蛋，你的眼袋才美，你的眼袋天下最美！她只是昨天興奮熬夜睡晚了呀！

哼同學由衷讚嘆道：「哦，它們就像一對腫起來的大眼泡。」

薛麗景無言的扭開臉，「你過獎了……」

她扭臉看向大廳入口，正好看到雙雙步入廳內的梁依依與顏鈞。

梁依依手挽著顏鈞，拖著曳地的綴珠長裙，踩著十公分的高跟鞋，一步一步小心翼翼的走進來。霎時無數豔羨、貪慕、批判與審視的目光齊刷刷投向她，聚集在她有些醺醺然的臉上，人們與其說在看她，不如說是在看那個象徵著顏氏夫人的位置。

被眼刀一扎，梁依依果然腳一軟。

薛麗景遠遠的壞笑。

她旁邊的顏鈞面無表情的掀脣說了句什麼，梁依依立即直起背，手臂更緊的挽住顏鈞。

片刻後，顏鈞不再以眼神向周遭致禮的人回禮，他回身微微彎腰，拉起梁依依的手一觸即離的輕吻一下，然後右手在她腰上一扶，牽著她滑入舞池。

瀟灑倨傲，帥得無懈可擊。

薛麗景頓時像打了興奮劑般硬帶著哼同學往那邊擠，橫衝直撞，見人拆人，誓要與梁依依光榮會師。

舞池內，梁依依一直小幅度的轉著眼珠，小心翼翼的觀察周圍，發現沒人再盯著她瞧之後，她鬆口氣，往顏鈞身上一癱，跟著他晃。

「站直！」顏鈞扶著她的軟腰，小聲喝斥。

梁依依偏頭呈挺屍狀癱著，不願意搭理他。由於顏鈞太高，才導致她穿這麼高的鞋，所以他是該稍微撐一下她的，這是理所當然的。

顏鈞嚴厲訓道：「梁依依，妳敢不聽我的話！」

「嗯。」梁依依毫無畏懼的點頭：「敢呀。」

顏鈞眼睛一瞪，差點被她氣炸，居然敢赤裸裸的挑戰他顏少爺的權威？他壓低嗓子吼道：「想挨揍了是不是？回去弄死妳，看我怎麼揍妳！本少爺有一百種方法讓妳死！」

是呀是呀，揍死她、弄死她、一拳捶死她……他說來說去就這麼幾句，跟複讀機一樣，她已經看穿他這種咆哮式的問候了——

「蠢貨妳想睡死啊！」就是「早安」。

「岩羊奶喝這麼少難怪這麼蠢！」就是「再喝點岩羊奶，不要挑食」。

「妳不要這麼晚還糾纏我，我還要訓練！」就是「妳先睡，不要等我了」。

「光腳在地上跑妳想踩壞我的地毯啊？」就是「穿上鞋，不要著涼」……

梁依依不以為然的搖搖頭，一切面目猙獰的老虎都是紙老虎，她還是比較目光如炬的。

顏鈞還在不依不撓的怒斥她：「妳敢這麼跟我說話？誰借妳的膽子敢這麼跟我說話！」

梁依依晃了晃有點暈的腦袋，說：「酒壯慫人膽。」說完她自己也覺得有點好笑。

「嗤！」顏鈞才不想承認自己笑了，撇嘴道：「喝點水果酒妳就飄了？妳也知道自己是慫人？妳壯了膽？壯了什麼膽？就憑妳還有什麼膽，妳敢做什麼？妳這慫貨。」

「我敢呀。」梁依依抿嘴。

「敢什麼？！」

梁依依左右看看，說：「我敢揍你。」然後伸出手輕輕的在顏鈞左臉上拍了一下，力度跟摸差不多。

顏鈞雙眼震驚的一瞪，完全失去了桃花眼的風流韻致，只剩下兩窩腦殘的怒火，「梁、依、依！無法無天了妳，妳敢打本少爺？妳再來一下？！」

梁依依伸出一指又輕輕戳一下他的臉頰。

顏鈞火冒三丈又無可奈何，她那幾斤肉根本禁不起他戳，兩人於是開始了無休止的交鋒：顏鈞嚴厲的斥責她，梁依依戳他拍他弄他，顏鈞更凶狠的罵她，梁依依戳他拍他弄他……

他們旁邊，有一對緊擁跳舞的愛侶正在瘋狂親吻，而梁依依就「興致勃勃」的毆打顏鈞，那一對瘋狂親吻的愛侶時不時與這一對互毆的「情侶」擦肩而過，沉醉於甜吻中的女方微微睜開眼，一眼看到梁依依竟然敢拍顏少爺的臉，於是含著情人的嘴唇驚在當場。

顏鈞老臉一紅，一把捏住梁依依的手低聲說：「別被人看到了！」

「哦。」梁依依停手，回頭看一眼，轉頭老實了一會兒又小聲說：「那沒人看的時候就能揍你嗎？」

顏鈞咬牙切齒道：「沒人的時候本少爺就會弄死妳，立刻讓妳哭都哭不出來！」

「我又不怕，我躲起來。」梁依依笑咪咪。

「腦殘，本少爺若要找，妳躲去哪裡我找不到？」

梁依依想了想，嬌憨的往他懷裡一扎，說：「我躲這裡。」

顏鈞一愣，竟然失措了片刻，然後裝模作樣的「哼」了一聲別開大紅臉。

遠處，陸泉剛剛鬆開一位窈窕佳人的手，回到大廳的廊柱邊休息，林棟正端著酒杯站在那兒，望著少爺的方向。

「嘖嘖，真膩啊……」他搖了搖酒杯，看著已經完全忘記舞步，抱著梁依依的小腰在搖晃的顏鈞。

陸泉扶了扶眼鏡，以略微挑剔的目光看了一眼梁依依，嘆息道：「她並不是很好……不，直接一點說，她實在是太不好了。」

林楝聳肩，「少爺喜歡，這就已經太難得了。我一直以為少爺會娶閃電。」

陸泉搖頭，「容貌普通、家世平庸、不擅社交、智商太一般，別的不說，基因沒有一丁點優勢，下一代繼承人該怎麼辦？靠勤奮來彌補嗎？在這叢林般的宇宙裡，可容不得絲毫大意。難道要讓下一任顏將軍輸在起點上？」

「我……並不看好他們辦家家酒式的感情，稍顯幼稚。少爺之所以喜歡她，或許因為她是他第一個親密接觸的女人吧，這種浮光掠影的懵懂感覺，很容易消散的。」

「哈！」林楝啜口酒，道：「你別把伺候少爺長大的女僕們不當女人，這麼長時間以來，也沒見少爺對誰假以顏色啊。雖然感情從不外露，但少爺確實是個重感情的人。懵懂不等於草率吧？即便以後少爺的婚姻對象要做別的選擇，我也勸你對梁依依小姐採取更鄭重的態度，畢竟初戀的分量可是很重的啊。」他嘆息的看向遠處。

陸泉瞥了他一眼，道：「怎麼，想起了你的初戀？」

林楝搖頭，「想起了我的第一個女人。」他停頓片刻，頂著一張英武正氣的臉，面不改色的說道：「我敢以生化學家的專業素養肯定，這兩人還處於蓋被純聊天的愚蠢階段，真是浪費人生。」

陸泉頓了頓，看了林棟一眼，也頂著淡定的精英臉加入到猥瑣話題中，說：「放著不吃，確實浪費。」

「不知道少爺的第一次是怎樣。」林棟正氣滿臉。

陸泉淡定道：「少爺的特質是『勤奮、克制、鍥而不捨』，雖然不知道他的第一次是會『克制』，還是『鍥而不捨』，但無論如何，他一定會很『勤奮』。」

林棟正氣滿臉的看了他一眼，道：「你真是猥瑣。」

陸泉淡定悠然的瞥他一眼，回敬道：「你真是齷齪。」

兩人握起拳頭碰了碰，又默默的分頭向外走去，帶著各自的任務出去檢查夜旗軍守備小隊的工作情況。

而那邊的梁依依已經在嚴正要求快點回去了，她真是恨不得一眨眼就能回到房間，踢掉這雙高跟鞋，舒服的動動大腳趾才好，顏鈞只好惱火的把她往臂彎裡一帶，夾著她離開。

正在扭腰擺臀、見縫插針，竭盡全力向梁依依靠近的薛麗景抬頭一看，不禁臉一垮，左手無聲的伸向那對瀟灑離開的人。

她真是覺得有點無聊又尷尬以及格格不入了。她想不明白，這明明是皇帝陛下的生日宴，為什麼那位看上去有點老年痴呆的陛下卻只露了一次臉，剩下的時間都是別人在他的壽筵上吃他的喝他的樂他的，甚至調戲他的小老婆，這位陛下到底感受到生日的快樂了嗎？

這種宴會完了遊園、遊園完了舞會、舞會完了第二天接著宴會的慶祝居然還要持續十天……這些人到底在樂什麼？還不如她辦的活動！

還有啊，不是說今天要嘉獎他們嗎？到底什麼時候才表彰，早點領了賞，她也好回去呀！薛麗景百無聊賴的想。

第九章 ✦ 少爺的嘴好軟好好吃～

莎宮的奈瑟斯水晶殿中，一間極其豪華、最為富麗的寢殿內，一隻翠羽黃身的桂冠金巴格鳥正緊張的縮在籠子裡，兩爪緊緊抓著抓桿，烏溜溜的眼珠子膽怯的四下張望。

牠雖然是隻血統高貴的桂冠金巴格鳥，但從小在寵物商販手中長大，從沒在如此寬敞奢華的地方過夜，牠小聲的叫喚了幾句「有人嗎？有人嗎？」，那聲音幾乎在空曠的寢殿中產生了回音。

這讓牠感到有點寂寞，這種空蕩寂靜的感覺從不曾在寵物店中出現過。不過，牠沒有寂寞多久，隨著「嗶——」一聲，那扇對開的寢殿大門自動打開，一位高大的、讓鳥兒有壓迫感的男性走了進來，臂彎裡圈著一位女性。

那就是牠的新主人。

牠兩隻爪子迫不及待交換一下，微微展開漂亮的翅膀小聲喊：「主人，您回來啦，回來啦。」

顏鈞目不斜視，完全不搭理牠，將梁依依鬆開後，一邊解著嚴嚴實實的領釦，一邊走向衣櫃。

「呀～」梁依依露出可愛的笑容看向牠，踹掉一雙高跟鞋走過去，伸出手指穿過籠子摸摸牠頭上的三根翹毛。

鳥兒在她暖暖的愛撫中輕輕的「咕」了一聲，舒服的閉起眼睛。

「真可愛。」梁依依輕輕的拍拍籠子，轉過身，微微有點搖晃的走向顏鈞道：「顏鈞……為什麼不帶三毛出來？」

顏鈞解開帶著家徽的夜旗軍軍裝，露出略微合身的禮服襯衫，依稀可以想像出其下線條勁削、結實強壯的身體。他隨意看了梁依依一眼，道：「又凶又倔，還不聽話，帶牠出來幹什麼？」

梁依依坐到他身後，伸長兩腿動了動大腳趾，點頭道：「嗯，像你一樣。」

顏鈞一個栗爆敲她腦門上，「妳今天是飄起來了還是怎麼？！」

梁依依揉腦門，慢騰騰道：「我是說，像你一樣威風。」

顏鈞斜了她一眼，「哼」一聲拿出合身舒適的訓練服準備換上。

梁依依晃著腳丫，拿出那顆卡繆上將給的、戴在脖子上如同項鍊的水晶訓練球，放在掌心玩耍搓揉，還時不時往臉上貼一貼，給發熱的臉頰降溫。

顏鈞回頭看她一眼，邊解襯衫邊皺眉，「妳這是幹嘛？酒後勁？別淨做些莫名其妙的蠢事！」

梁依依搖頭道：「沒有呀，我在跟它培養感情。」

「嗤！」顏鈞回過頭，背對著她在衣櫃前脫襯衫，「不知道妳腦子裡都在想什麼，跟這玩意培養感情幹什麼？指望它變身幫妳訓練？」

梁依依捧著水晶訓練球凝視道：「我跟它感情要是好，看著它練習的時候，一定會學得更快，更迅速的理解這個複雜的多維線性法。你不是教我嗎？就像你平時訓練一樣，靠想像來感覺β能量的路徑也很重要，充滿靈感的『感覺』是很關鍵的。所以，我跟它的感情也很重要。」

「喊，亂七八糟的邏輯。」顏鈞嗤之以鼻。

「你想啊，我要是隔老遠就能從你身體裡抽出β能量，然後把它擰成一股麻繩來甩，然後編成麻花糖吃掉，我一定帥死了……我要努力練習！」梁依依時不時的想像一下這樣的情景，暈熱的腦子裡亢奮非常。

「那今天練了沒？」顏鈞赤著上身，將襯衫掛上可自動適應形狀的記憶合金衣架。

「來的路上練了，不過毫無頭緒，都怪你不陪我練。」她抬頭看了一眼顏鈞，隨後移開眼睛，然後又看了他一眼。

顏鈞正撐開訓練服往頭上套，緊實的背部肌肉隨著動作拉伸，精壯有力的腰身極其性感。梁依依腦子裡沒怎麼想事，捏著小水晶球慢慢走過去，將額頭抵在他後背上，軟綿綿的撐著，非常自然的在他背上摸了一下。

突如其來的溫軟讓顏鈞哆嗦了下，他偏頭瞠目道：「幹什麼？」

懶骨頭梁依依全身心的用額頭撐著，「你陪我練習呀，我用你身上的被套能量感覺一下。」

顏鈞嗤鼻輕哼，「嗯」了一聲，回身繼續套衣服。

梁依依便在他背上戳戳、捏捏，顏鈞緊致的小麥色肌膚被她戳下、起來、戳下、起來……

「喂！妳這算什麼感覺練習！」顏鈞不耐煩的一轉身，失去支點的梁依依便往前一撲，顏鈞接住她，翻了個大白眼。

梁依依繼續堅定的發揚「有顏鈞不用力」的軟骨頭精神，微醺發熱的臉頰貼在他胸口靠著，在他胸膛腰腹上無意識的輕輕撫摸，顏鈞不期然的被她摸得頭皮發麻。

他喉頭一滾沉聲罵道：「妳這蠢貨，今天別玩了，趕緊滾開去睡！別想耽誤本少爺訓練！」

「不要……」梁依依搖頭伸手環住他的腰，頭埋在他懷裡。她只是有一點暈，但是精神很好、還不想睡，她要顏鈞陪她玩。

顏鈞耳根一熱，「不准撒嬌！」

梁依依嘟嘴不幹，越戰越勇，悶頭扭來扭去道：「我不耽誤你，我只是一條有點粗的腰帶，你看我掛在你腰上……」她兩手緊緊一圈作死皮賴臉狀，「我可以幫你拿武器、背彈藥，陪你衝向戰場，敵人會以為我是一個人，但其實我是一條腰帶，你要是需要秘密武器，就從我身上拿出來，然後出其不意的攻擊敵人，咻咻咻咻——再就是biubiubiubiubiu——」

顏鈞居然無法抑制的順著她的話想像了一下，他腰上掛著傻憨的梁依依衝鋒陷陣，頓時一陣惡寒，跳腳咆哮道：「梁依依妳瘋了吧！妳這酒瘋子，我跟妳說了不准撒嬌！妳再扭，妳再扭我……」

「你就揍我嘛……」梁依依撇嘴抬頭看了他一眼，目光中帶著一些不屑和不以為然道：「你不會揍我的，你捨不得打梁依依。」自信滿滿。

「什麼啊？！」顏鈞臉紅了，「你在自以為是什麼？我不會打妳？妳以為妳是誰？妳這玩意算什麼東西！」

梁依依完全聽不進去他的惡語，自言自語道：「梁依依從小就有一點招人喜歡的，媽媽喜歡，鄰居喜歡，老師喜歡，同學喜歡，為什麼你不喜歡？你也喜歡的。梁任嬌女士說，我有很多優點，比方說……」她兩眼懵懵，出神的想了一會兒，半晌又吶吶的咂咂嘴。

「嗤！」顏鈞忍不住好笑，心想：吹，妳再吹，根本就說不出來妳能有什麼優點！

他不耐煩的一手托起梁依依的屁股，把她抱到床邊上，表情複雜的垂眸看著她，到這分上他也看出來了，她這麼胡說八道、胡攪蠻纏、死活不去睡，其實只不過是想挨著他、黏著他，一刻不停的跟他在一起而已。

說到底，就是太喜歡他了。

想到這，顏鈞的表情雖然「看似」有點煩，但也忍不住挑起嘴角，得意洋洋。

他自己當然深深的明白，梁依依的痴戀不是她一個人的錯，畢竟像他這樣的男人，是會讓人欲罷不能的！

片刻後，他收回幽深的視線，彆扭的、憐憫的看了梁依依一會兒，趁她醉著，問道：「妳就這麼喜歡我？」

梁依依坐在他右腿上嘴裡嘀咕著，聽到這個問題，點頭說：「嗯。」

顏鈞揚起下巴，得意的問：「妳喜歡我什麼？」

梁依依停頓了片刻，再次露出懵懵出神的表情，無話可說的沉思……

顏鈞乾脆的打斷她道：「我知道，優點太多了妳不知道從哪裡說起！哼，妳肯定喜歡我的臉吧？膚淺！」

他白了梁依依一眼，摸摸自己帥得天怒人怨的臉，又道：「妳肯定還迷戀我的英雄氣概，嗤，庸俗的女人……」

他想了想，又「哼」了一下，斜瞥梁依依一眼，有些不自在的道：「妳肯定還經常幻想我的……哼！」臉部熱了起來，卻又倨傲道：「……妳、妳說，妳都是怎麼幻想我的？妳、妳不是做了夢嗎……妳快說！」他突然間有些興致勃勃。

梁依依聽他提起這個，不願意的躲開臉，搖頭，「不說。」

「嘖，說！」他伸手掐住她的下巴，不准她躲。

梁依依為難的想了想，道：「不說，非常過分的。」

顏鈞喉頭滾了滾，緊張道：「沒事，我這次不揍妳，妳、妳說。」有點急不可耐的。

梁依依彆彆扭扭了很久，遲疑的比了比動作，小聲道：「我啊，唔……我撲、撲到你身上，我……就摸你啊，嗯……腿，好像，纏到你腰上了……」

顏鈞倒抽一口氣，非常緊張。

「手掛在你的脖子上吶，後來就……還啃了你的胸口……」梁依依垂下頭，「對不起，我好像還親了你……」

「妳、妳這胡作非為的東西！妳、妳親我哪裡了？」

「臉呀，還有脖子……」梁依依伸手在他的喉結上摸摸，繼續道：「還有這裡……這裡……又摸摸下巴、鎖骨，往下，腹部……」

顏鈞熱氣騰騰的，緊張的嚥了口口水，咬牙切齒的小聲：「妳這混蛋……」

梁依依愧疚的點點頭，感覺到了抱歉，收回自己放在他腹部的手時，卻不小心擦過了他胯間顫巍巍撐起來的什麼東西，她茫然間想低頭瞧瞧，被顏鈞眼明手快的一把捏住下巴制止。

顏鈞緊抿著嘴道：「行了，妳夠混帳了，還不去睡！馬上去睡！」

說到去睡，梁依依又不是很樂意了，她還很有精神呢，立刻搖頭，「不去，睡覺沒有意思，又沒什麼好處。」

顏鈞伸手在下面掩了掩，急躁道：「怎麼沒好處！休息不是好處？快去睡！」

梁依依噘嘴搖頭。

顏鈞看了她嘟起的嘴一眼，一臉鄙夷又煩躁的神情，不知道出於什麼心理，他又看了她的嘴巴一眼，喉頭緊張的動了兩下，為了哄她趕緊滾去睡覺，他湊過去慌亂的在她香滑的臉上胡亂親了一下，緊張道：「行了，給妳好處！妳、妳趕緊去睡吧！」

他移開雙眼舔了舔唇，軟嫩幼滑的觸感纏綿在他稜角分明的唇上。

梁依依突然被親了一下，有些遲鈍迷茫的睜大眼看著他，微微張著嘴，一雙眼濕漉漉的，看上去就像在迷離的索求親吻……

「妳！適可而止一點！」

顏鈞咬牙切齒的憤憤然，鼻息變得粗重，煩躁到極點的再度親了親她的右臉，心裡想著這不知節制的東西肯定不滿足，又沉醉的親了親她的小下巴，又親了親她玲瓏的鼻尖，一眼看到她似是吃驚又似是沉迷的臉，還有那張開的嬌豔欲滴的小嘴，他就憤怒的想——他就知道！他就知道她肯定不滿足，還想要這個！這個得寸進尺的女人，膽大包天！真是……真是……他舔了舔嘴，捧起她還在震驚的臉，有些莽撞的碰到了梁依依的唇……

顏鈞全身像過電一樣，從脣瓣相接的地方開始酥麻。

梁依依無意識的「嗯嗯」兩聲，半晌才糊塗的想為什麼會這樣子了，不過好舒服，顏鈞的嘴那麼凶那麼倔，吃起來居然好軟哦……

顏鈞被梁依依啾啾的吮了吮，背肌繃緊，頭皮又是一片酥麻，一雙大手不禁捧起她肉嘟嘟的屁股，一起往床上砸。這混蛋親起來居然會呻吟，再哼，弄死妳……

他用力吻著梁依依的耳垂和脖子，還在嘴硬道：「這都怪妳……都是妳……都是因為妳做夢……妳還夢到什麼了……」

梁依依自知理虧，羞澀道：「好嘛，對不起啦……我……」她忍不住伸手撐在他的肩頭微微推拒他，顏鈞強壯的身體壓在她身上，實在是會造成難以言喻的緊張壓迫感……

「妳還夢到什麼了……說……蠢貨……」顏鈞無師自通的開始飛速脫起自己的衣服。

梁依依果然很乖很努力的開始思考，收回手回想道：「哦，我、我還夢到你有尖耳朵，唔……」

「哈，妳這蠢……」顏鈞本來一邊脫著上衣、一邊俯下身想親她，但突然之間他渾身僵硬，腦子猶如遭到重錘的敲擊，身體的溫度從頭部開始急速下降。

梁依依感覺到他突兀的停頓，將他推開一些，臉紅紅的看他一眼。怎麼了，不親嘴了嗎？

「我的眼睛……」顏鈞的聲音突然冷得掉渣，眼簾低垂，「夢裡我的眼睛是什麼顏色……」

「啊？」梁依依覺得好奇怪，為什麼突然糾結這種細節了？她想了想說：「好像是……紫色吧……嗯，是晶瑩的深紫，很奇怪哦，我怎麼會有這種想像對吧……」

聽完，顏鈞慢慢直起身，唇角下抿，臉上沒有一絲表情，赤裸的上身精壯完美，面龐英俊迷人，在燈光的照耀下炫目如天神。

但是梁依依突然有點害怕。好奇怪哦，莫名其妙亂放什麼殺氣……

顏鈞瞇起眼俯視著梁依依，忽然伸出手，一手掐住她的肩膀把她像拎小雞般拎起來，伸手捏住她的下巴，張嘴正要說話，房裡突然傳出窸窣的剝啄聲。顏鈞警覺性極高的側頭，將梁依依丟回床上，起身在巨大的寢殿內看了看，梁依依一臉困惑的揉著自己的肩膀。

顏鈞若有所思的看一眼縮在籠子裡偶爾動一動的鳥，凝神片刻，突然大步向門口走去，一把打開門——

陸泉正一臉淡定的趴在門口側耳偷聽。顏鈞垂眸俯視他。

陸泉火速直起背，「咳咳」兩聲，看了一眼少爺精赤的上身，又微不可察的瞟一眼裡面有些凌亂瑟縮的梁依依，虎軀一震。

顏鈞沉思兩秒，問陸泉：「你聽到什麼沒？」

陸泉立刻大力搖頭，「沒有沒有沒有，少爺你放心！」

顏鈞臉一黑，「我不是說這個，我是說別的可疑聲音！算了，找我什麼事？怎麼不敲門？」

陸泉遲疑一下，有點尷尬道：「我只是想彙報一下兩個獨立團的離岸守備隊已經挑選好了，明天會分批下船，外駐莎宮，然後，是迎接迪里斯皇族的事……不過少爺如果忙的話，那就，明早再說？」

「不用，等著。」顏鈞一言不發的回到寢殿內穿好衣服，默默盯著梁依依看了十秒，緩緩走到床邊，拳頭不自覺的捏得咯吱響，深吸一口氣，掀唇說：「老實待著……我等會兒有話問妳。」然後他轉身走了出去，狠狠的關閉了自動門。

梁依依還真是感到一連串的迷茫，她抱著小腿坐在床上，開始自我反省並回憶剛剛到底發生了什麼莫名其妙的事情？

就在她凝神思考沒有成果、轉而開始發呆的時候，一道飛速躥過的小影子從她肩頭一掠而過。

她覺得脖子好像被蚊子叮了一下，但伸手摸摸又沒有拍到。

片刻後，她就聽到顏鈞在外面十分大聲的喊：「梁依依，出來！」聲音裡好像還帶著一點激憤中的顫抖音。

「哦……」梁依依爬下床，換了一雙低跟鞋穿上，小跑出去，對殿門外走廊上的守衛說：「顏鈞叫我出去哦。」

守衛點點頭，目送她往外走，雖然依依小姐這麼說，但他並沒有接到少爺的命令，也沒有看到人，少爺剛才明明被陸泉叫走了，於是他終究有些不放心，便跟值夜的同伴講了聲，尾隨在梁依依身後。

梁依依走進大花園後，就看到顏鈞的身影立在遠處，夜色下有些模糊不清。

他回頭對她道：「跟上來，到前殿的中庭花園來！」

「哦……」梁依依撇撇嘴，不知道他這是怎麼了，好像完全不顧她走得慢，只管一個人大步朝前走，是因為剛才莫名其妙生氣的原因嗎？到底是為什麼呀……她百思不得其解，小跑幾步跟緊。

……★……★……★……

「顏鈞，顏鈞你慢點……」梁依依兩手牽著長裙，氣喘吁吁的追趕，委屈道：「我腿短！」

顏鈞大步在前，速度極快，總是只留給梁依依一個模糊的背影，還時不時的回頭說一句：「快點！快追上！」

梁依依覺得這個一直走一直走的顏鈞有點異樣，他是想跟她玩「妳來追我呀」的遊戲嗎？喜好真是奇怪。

她只好把裙襬一抱，緊盯顏鈞的瀟灑背影，默唸一聲：「糖、醋、里、肌！」頓時渾身充滿了無限的力量，全世界的食堂在這一刻成為了背景，十八年來戰無不勝的打菜經驗鼓舞著她的內心，她「呀」了一聲，升級為梁依依2.0，快速朝顏鈞追去……

她旁邊的花草叢中，一路跟著幾隻快速前進的蟲子。一隻體型稍大、身上有黑斑的蟲子，正搖擺著觸鬚指指點點，另外三隻緊緊擠在一團的蟲子似乎就是一個整體，正在聯合操縱著什麼儀器。

黑斑長老一邊飛速竄行，一邊得意的自言自語：「哈哈哈，太好了太好了，這個主意越想越妙，既然顏鈞的女人我們現在不能動，那就讓她變成『不是顏鈞的女人』！她如果被顏鈞拋棄了，接下來不就隨便我們處理了嗎……哈哈哈哈！」

後面緊跟的三隻蟲呆板的齊聲問：「為什麼？」

黑斑長老：「蠢蟲，這宇宙中的人形都是這個德性，無法容忍伴侶的不忠，我們的陷阱這麼完美，一定能讓她被無情的拋棄！」

三隻蟲繼續呆板的問：「為什麼？」

黑斑長老在前面搖晃頭部道：「什麼為什麼，當然可以了！你們操縱著扎入她中樞神經的『間諜蜘蛛腳』，讓她致幻，以為前方有一個『顏鈞』在指引她，我們把她引誘到前殿的中庭花園，此時那些雄性軍匪正聚集在那裡高談闊論裝模作樣，等會兒我們就挑選一個合適的對象，讓她將那對象當作『顏鈞』。」

「以這隻母蟲的智商，其神經完全沒有編碼抵禦能力，無法抵抗這個幻覺，在大庭廣眾之下，就讓眾人見證她的不忠行為吧，我不信顏鈞連這種事都能忍……哦，女王陛下在上！我為自己的聰明才智感到陶醉，薩奇費斯黑斑長老你真是隻狡詐的大蟲！」牠的觸鬚興奮的顫抖起來。

後面三隻蟲還在問：「為什麼？」

黑斑長老回頭憤怒道：「還問為什麼？你們是膽敢懷疑我的智慧嗎？！」牠回頭一見到三隻蟲呆板的眼睛與肢體，觸鬚便鬱悶的一垂，為剛才自己的手舞足蹈感到喪氣。

牠忘了這三位是幾乎沒有大腦的低等族民，為什麼牠要跟牠們談論陰謀與陷阱？牠們只會說一句話！下次牠要求帶那幾隻「是的長官」出來，這幾隻「為什麼」就讓灰斑長老帶著吧！

莎宮前殿——

許多人離開倪卡爾大廳的舞會後，穿過步道，在前殿的中庭花園內休息、賞月。

正如所有的上流聚會般，人們總是懷揣著各種各樣的目的前來，貴賓們裝作無意間兩兩巧遇，然後一絲不苟的寒暄，在花園中或三五成群的站著，或坐在躺椅上兩人私語，在一大堆外交辭令和談笑廢話之中，達成一些共識，交換一些利益。

西蒙家的長子葛籣、次子達西正在與多特倫三角星系的兩位外交官聊著；拜倫氏的次子埃爾正在一群貴族中周旋，讓他大感頭痛的是他那位不靠譜的哥哥又不見了，不知道躲在哪裡睡覺；古賴爾．拉瓦德表情端正嚴肅，正與幾位軍中俊彥一起向文大師討教；卡繆．拉瓦德剛下飛船，手輕輕貼在右肋邊，款步向古賴爾走來，幾位交際圈中頗有名氣的貴族美人看到他，含嬌帶笑的向他點點頭……

梁依依拎著裙角氣喘吁吁的追到中庭花園。

正抱臂說話的埃爾一眼看到大步跑來的梁依依，俊逸親切的笑容一滯。

不光他看到了，葛蘭、達西等人都看到了——顏鈞的女朋友十分突兀的闖進安靜交流的庭園，嘴裡呼喚著什麼，她拎著裙襬氣喘如牛，腳步顛簸，胸前一對胖兔像在引人注目般蹦蹦跳跳，眼神茫然的向他們跑來……

每位男性心中都是一個咯登，看她那表情，總感覺她是朝著自己而來。

眾人停止交談，凝神看向她。

埃爾摸摸下巴，認為她應該是有急事需要幫助，看看在場這圈人，很明顯她是朝著自己來的。他露齒一笑，朝梁依依走去。

梁依依現在覺得她確實有點酒勁上頭了，剛才前方的顏鈞突然不見了，然後她晃眼一看，這裡人人都變成了顏鈞，個個都像看到債主上門似的戒備的盯著她，差點嚇得她腿一軟，還好那只是一時眼花。

草叢內，黑斑長老也在緊張迅速的抉擇著，選誰呢選誰呢？要選一個讓人信服的……上次在白林學院，率先來救這隻雌性的似乎是那一位——卡繆．拉瓦德，好，就決定是他了！

梁依依在寬闊的大花園內找了找，終於找到站在那邊的顏鈞，他正皺著眉頭，一臉嚴肅的盯著自己，似乎在責怪她追慢了。哎呀，這也怪不得她，她可不像他天生一雙長腿。

在眾人的視線壓力中，梁依依有些緊張，她放下裙襬注意了下儀態，完全無視迎面而來的埃爾，帶著害羞與依賴的心情，直勾勾的盯著顏鈞快步走去。

卡繆看到她微微撲閃著雙眼、含嬌帶怯的湊過來，便反射性的頭皮一緊，脊背僵直，右腳不自覺的退了一步，二十五公尺、二十四公尺、二十三公尺、二十二公尺、二十一公尺……敵人正在緩慢靠近中，他心中突然有種不祥的預感。

梁依依微微抬起頭，小獸般瞥了一眼那些不認識的先生們，小心翼翼的笑一笑，然後默默走到顏鈞身邊，緩緩伸手握住他的手，然後輕輕搖了搖，以詢問的眼神仰視著他——叫我來什麼事呀？

卡繆的手指頓時一縮，刷的低下頭驚訝的盯著她，差點想要立刻甩開她的手，但多年的面無表情與鎮定威嚴讓他的臉僵了一下，他意識到這是在眾目睽睽之下，如果莽撞的推開她，可能會對她造成極其不良的影響，甚至讓周圍的人與顏鈞誤會。

於是他僵硬的將她的手慢慢拉開，微微蹙眉鎮定道：「梁小姐好，這裡不是學校，不用向妳的導師行握手禮……請問，有什麼事可以為妳效勞？」不慣於做紳士表情的臉有些違和。

【顏鈞急促道：抱著我，快點！】

她愣了愣，遲疑道：「啊？現在……可以嗎？那好吧……」在顏鈞的反覆催促下，她湊上前，伸手抱住他的腰。這麼多人看著，她有些耳熱的將臉埋在他懷裡。

古賴爾倒抽一口冷氣。

文大師微訝的張開嘴。

埃爾圓眼一瞪，不知道為什麼突然感到很不甘心。

葛蘭揚起下巴，瞇起銳利的眼睛……

卡繆的臉已經由一片空白轉而石化，然後裂開。他使出暗勁推開梁依依，喉頭焦躁的一動，鼻孔微微翕張，極力壓抑住被當眾冒犯後洶湧而來的怒火，為了這位特殊女學員的名聲，他努力遮掩道：「雖然我是師長，即使要表現敬意，妳也不需要……」

梁依依居然還一臉扭捏、不依不撓的再次湊上來抱他，他終於掩飾不下去了，壓低聲音嚴厲的怒斥道：「163.37695！妳放開我！」

【顏鈞：吻我，我要妳吻我，現在，快點！】

梁依依羞紅了臉，有點驚訝又有點濕漉漉的看他一眼，「不要啦……」

卡繆深吸一口氣，腦中一片混亂，熔岩的火爆與魔王的黑沉鋪天蓋地而來，正當他耐心盡失、準備拂袖而去時，梁依依突然既害羞又無奈的說了一句「那好吧」，然後以小兔撲跳的靈敏身手，快速的踮起腳尖含住了他的脣……

……

…………

…………

！！！！！！！！！！！！

眾人這才真正領會了石破天驚的震撼感，男人們在強烈震驚過後，開始在腦中迅速計算這件事即將造成的影響：顏氏與拉瓦德家族是否會分崩反目，貝阿星系的表面和平是否將開始裂變，他們該如何的快速反應，爭取利益最大化……

梁依依趴在顏鈞胸口，動作生澀的輕輕摩擦他的脣瓣，然後羞赧的縮一縮肩膀，將臊紅的臉埋進他的脖頸處躲起來，見他像一塊石頭般沒有動靜，又抬起頭在他下頷處輕輕咬了一小口，然後再次把自己藏起來……

古賴爾看著叔叔與那個女人，頭一次感到大事不好了，驚慌失措的小聲說：「叔叔、你、你們……不，你們不能這樣……為什麼？你們為什麼要……？」

卡繆緩緩抬起手，輕輕碰了一下嘴角。

艾普斯在他的耳麥中瘋狂示警：「警報！警報！主人您出現短暫心跳停止！危險！危險！」

【顏鈞：梁依依，我這麼喜歡妳，妳到底喜不喜歡我？我要一個回答。】

埋著頭的梁依依聽到顏鈞在耳邊這樣問，臉變得更加紅，她忽然有些明白了，他好像是在向眾人表示著什麼態度，所以需要她當眾這樣做，可能有什麼別的原因，又可能他只是要高調的……給她一個身分，什麼的……哎唷~討厭啦……

梁依依放下腳跟，鬆開顏鈞，捂住臉自我鼓勵了很久，才抬起頭，揚起最明淨的笑容，誠實又勇敢的道：「我喜歡你呀……」

卡繆放下了手，黑沉的雙眼緩緩移動……看向她。

夜旗軍的外泊小飛船內——

為了防竊聽，出於謹慎考慮，陸泉與顏鈞上了停在莎宮內的夜旗軍飛船之後，才開始談話。

陸泉大致講了明天在禮儀和流程上的安排，逐一唸了明天到訪的親顏系陣營的外賓，他唸到一半，突然覺得過於安靜，便抬頭看著少爺。

顏鈞面色黑沉的垂眸端坐著，盯著面前的地板，眼睫毛動也不動，但眼珠左右移動，看上去……心亂如麻。

「少爺……」陸泉出聲提醒他。

顏鈞抬眸看他一眼，道：「我聽著。」

「是。」陸泉只好繼續唸。

陸泉唸了片刻後，顏鈞突然深吸一口氣，似乎心情漸漸沉定了，又似乎是掀起了新一輪的不忿與氣惱，他霍然揚手打斷陸泉的話，站起來道：「我晚點再來找你。」然後二話不說，大步離開。

陸泉站在飛船門口望著少爺越來越遠的背影，大聲道：「少爺，是有急事嗎？要下指示嗎？」

「小事。」顏鈞頭也不回。

小事？陸泉推了推眼鏡。二十多年的侍從官經驗告訴他，能讓少爺跳腳罵人的事是小事，而讓少爺那粗糙的內心突然深沉細膩起來的事，那才是大事！他將筆電放下，迅速的跟了上去。

顏鈞用上能力，極快的回到奈瑟斯水晶殿。

前廊的守衛見到他略感驚訝，正要說話，少爺便如一陣風似的颳過他身邊。

顏鈞停在寢殿門口，手在門上微微頓了下，然後「嘩——」一聲打開門，板起臉嚴肅莊重的一步一步走了進去，須臾又一臉焦躁的大步闖出來，一把揪住守衛的衣領道：「人呢？跑去哪裡玩了？你們敢隨便放她出門？」

守衛起初茫然，然後大驚失色道：「啊？報告……報告少爺！梁小姐說，是、是您叫她出去的啊……」

什麼？顏鈞兩眼一睜，一張臉霎時沉如深潭。

這時，那名跟在梁依依身後保護的守衛快步跑了回來，臉色時青時白，一看到顏鈞，就驚慌的頓住腳步，張了好幾次嘴，就是說不出話。

「人呢？她怎麼了？說話！」顏鈞一腳踹翻他。

心裡自覺犯了大錯的士兵不敢忤逆上級，站起來立正敬禮道：「報告！我跟著梁小姐到了前殿的中庭，梁小姐沒有任何危險，只是……」他嚥了口唾沫，已經做好了被遷怒受死的準備，「只是，她、她跟卡繆上將……」

顏鈞的臉色頓時變了，片刻後，聲音森然道：「……跟他怎麼了？」

士兵深吸一口氣，挺胸乾脆道：「她在花園內與卡繆上將，摟抱……親、親吻……」哆哆嗦嗦的閉眼，他想哭了。

等士兵戰戰兢兢的再睜開眼，少爺居然已經不見了，只見陸泉先生快步從前面走了過來，疑問道：「少爺呢？」

「前殿的，中庭花園……」他想，少爺此時不會去第二個地方了。

偌大的美麗花園內，此時幾乎空空蕩蕩，剛才稀疏站立、各自交談的人們，沒一會兒就心情複雜的走得差不多了，只有卡繆上將和梁依依還站在花園中央。

古賴爾遠遠站在前殿的步道邊，身後是正在抹汗的侍從官，一群人很不放心的死死盯著那裡。

埃爾正一步兩回頭的慢慢離開，兩根手指勾著下巴，無論如何都想不通……卡繆？勾引人妻？挖牆腳？這幾個詞怎麼看都不能組合在一起啊！這種事無論如何都是鬥奇來做才比較正常，當然了，他也比較熟練。卡繆？不可思議啊！看來他那張正直嚴肅的外表下，居然藏著一顆波瀾壯闊的心啊！

卡繆此時眼簾微微垂著，不知道看著哪裡。

扎在梁依依中樞神經的間諜蜘蛛腳，剛才被蟲族全數抽了出去，肉眼不可見的一百多根極其微小的蜘蛛腳，在抽出表皮後，快速組合成讓人無法察覺的微米級機械蜘蛛，迅速爬走了。

梁依依此時一臉的茫然與不敢置信，臉色是蒼白的，她望著站在面前的卡繆上將，手指緊緊的絞在一起，腦中好像是混亂的，又好像是空空蕩蕩的，她一會兒想著以後再也不能喝酒了，永遠不喝水果酒了，原來喝多了真的會醉；一會兒她又想著這應該不是真的，喝酒也不會、也不應該發生這麼誇張的事……她呆呆的望著眼前的地面，任由自己變成石化的鴕鳥，不想思考。

極速而來的顏鈞停在花園外。

他看著那邊相對而立的兩人，腦子裡嗡嗡作響，衛兵剛才說的話一直在他腦海裡翻滾，他脣角緊抿，軒眉絞著，鼻翼皺起，然後居然冷笑了一下，幾種激素開始主導身體。

梁依依轉過蒼白的臉，看到顏鈞一步一步走過來，心裡冒出強烈的依賴感，她好想讓他趕快帶她回去，混亂的腦中想著顏鈞最好不要問她發生了什麼，她也不知道這是怎麼回事，他可不可以先帶她回去……

但不知道為什麼她又不敢動，顏鈞這樣一步步走過來，猩紅的眼睛逐漸失去光芒，漫天的烏雲好像都被他捲了過來，黑氣沉沉的向她逼近。

卡繆抬起眼，看到顏鈞走來，心裡……既有莫名其妙的抱歉感，又有……

他看了一眼梁依依。

……擔憂。

顏鈞身上紊亂至極的精神波動和澎湃的殺機告訴他，即使這個舉動不合時宜，他也不得不做。於是卡繆伸手在梁依依身前攔了一下，小聲說：「……妳躲後面去。」

顏鈞頓時停下腳步，揚起下巴，一雙猩紅的眼睛盯著卡繆的這個舉動，血氣翻湧，甚至感到憤怒的好笑——這種事需要你來做？這種事是你該做的？！

古賴爾迅速偏頭，命令侍從官通知外泊在星區中的輝光十字軍。

一直跟在後面的陸泉狂奔過來一把拉走梁依依，一邊迅速往外離開、一邊言簡意賅的通知白恩中尉、羅奇銘少將與林棟，不用問他都知道這是什麼情況，可現在該怎麼辦，他腦中並不是很有條理，但他知道必須出手遏制。

這個宇宙中，因為雄性爭奪雌性而爆發的混帳戰爭還少嗎？！他低頭惱恨的盯著梁依依，將她一把扔給跟來的士兵道：「馬上把她弄回去！」

梁依依被士兵挾帶著如風一般的離開，她後知後覺的看一眼身後，又看一眼帶著她回去的士兵，她看出士兵臉上的責怪、鄙夷與惱怒，一貫有著「難得糊塗」的人生哲學、從不為他人的態度而生氣的梁依依突然眼眶紅了。

她委屈的用手背擦著眼角溢出的淚水，甚至被扔進寢殿中關了起來，她也依然站在門邊，不出聲的抹眼淚。

梁依依的淚水越流越多，像不要錢一樣往下落，不知道哭了多久，她終於吸了一口氣，用力擦乾紅腫起來的眼眶，依然在門邊站著。

她也不知道自己站了多久，只知道腳都快要站麻了。

……★……★……★……

寢殿外面似乎快步走來一群人，他們此起彼伏的勸了顏鈞一會兒，顏鈞帶著滔天怒氣的喝斥聲極其響亮的響起來，然後眾人安靜片刻，又頗為整齊的離開了。

在林棟他們離開之後，顏鈞轉身往寢殿裡走。

陸泉遲疑片刻，還是跟在顏鈞身後往寢殿內走了幾步，叫住他道：「少爺，卡繆忽然突破的事，還有明天的事情……需不需要先討論……」

「明天一早我會去找你！」顏鈞不由分說的打斷他，震怒依然，聲音起伏不定。

陸泉躬身，瞥了一眼門口的梁依依。

剛才實在是好險，差點沒拉住發瘋得想要毀滅星球的少爺，卡繆上將似乎也有任由他打的意思，這兩人不知道是陷進了一個怎樣的倔強漩渦裡……所幸的是，這兩位祖宗還沒來得及打出嚴重後果，那位暴脾氣的上將就在戰鬥過程中突然突破了，這才給了拉瓦德家的人藉口，讓少爺硬生生停止了他可怕的攻擊。

但少爺的怒火被攔腰截斷、無法宣洩，憤怒的青筋猶在，顫抖的拳頭依然緊攥著，此時只怕會有更大的攻擊性……陸泉擔憂的看向梁依依。

「還不給我滾出去！」

顏鈞失去耐心的回頭對陸泉吼，一路憋著的火終於冒了出來，讓陸泉手忙腳亂的退出去後，他一腳踹上門，突然轉頭盯著梁依依。

卡繆……卡繆就這樣在他眼前突破了……他頓時就明白了，什麼都明白了……

他喘著粗氣，像一頭困獸般繞著梁依依轉圈，惡狠狠的看著她，心裡怒火滔天，拳頭捏得喀吧響，但他發現自己一根指頭都捨不得碰她。他只好轉過身，像個無理取鬧的孩子一樣踹桌子、踹椅子、踹床，他滿腦子只有一句話──「我不准妳喜歡別人！」但他又說不出來。

寢殿差點被他拆完後，他胸膛起伏的站了會兒，然後大步走到寢殿角落蹲著，背影像一頭正在嗚咽的獸。

梁依依抬起頭抿抿嘴看著他，她的臉色也不是很好。思考許久後，她撓撓臉，朝顏鈞走了幾步，在他背後小聲但清晰的開始講述事情的經過。

她講話的風格保持著一貫的囉哩囉嗦又顛三倒四，不過囉嗦的好處是，事情講得非常詳細。

顏鈞一直起伏難平的胸膛，漸漸有了緩和的趨勢。

最後，梁依依像脫力了般，小聲且固執的重複了三遍：「我沒有親別人……我親的是你……我親的是顏鈞……是你……」她眼圈一紅，眼淚又無聲的吧嗒吧嗒掉。

她還委屈著呢，她還奇怪著呢，她還想跟他撒嬌發脾氣呢……

梁依依伸手抹抹淚，總結道：「你要是生氣，那我道歉好不好？雖然我不知道要道什麼歉，要是我有錯的話，那就是錯在我太蠢了吧。」

顏鈞半天沒說話，不知道聽進去了還是沒聽，許久後，他看一眼時間，頭也不回的說：「滾去洗澡。」

梁依依遲疑片刻，轉身去拿衣服，沒忍住抽泣了一聲。

顏鈞的耳朵豎了起來。

梁依依抱著衣服低頭走進浴室，關上門。

這澡差不多洗了有一世紀那麼長，顏鈞終於坐不住了準備去敲門，浴室裡的梁依依突然「哎呀」一聲，裡面同時傳來匡噹啪噹的磕碰聲，顏鈞呼啦一下站起來迅速踹開浴室門闖進去，看到穿著浴衣的梁依依撞在踏腳椅上，捂著臉頰正在掉眼淚，一看到顏鈞，她就伸手擦了擦眼睛把淚抹乾，濕漉漉的望著他。

顏鈞板著一張黑炭臉俯視她，見她犯倔不肯起來，只好走過去把她抱出來，一把丟到地毯上。

梁依依揉揉屁股，頑強的爬起來後，顏鈞也拿著衣服進浴室，梁依依一言不發的跟著他，嘴巴左撇撇右撇撇的囁嚅。顏鈞不理她，她就像尾巴一樣跟在他身後，一直跟到浴室門口，門在她面前匡噹一聲關上，她便無意識的將額頭貼在門上抵著發呆。

半小時後，顏鈞洗完澡，一開門就看到她呈八字狀猥瑣的往浴室裡看，他愣得退了一步，吼道：「妳、妳看什麼？偷看啊妳！」

梁依依醒悟回來，搖頭，「沒有啊。」

顏鈞嗤之以鼻，剛想說「我還不知道妳？妳肯定滿腦子都想非禮我」，但是他突然又想起她說不定還想著那個面癱臉，於是又冒火了——沒偷看就沒偷看，了不起了妳！

梁依依見他好像為了這句話又生氣了，於是立即改口道：「哦，其實我是偷看了！」

顏鈞腳步一頓，懷疑的看她，「真的？」

「真的！」梁依依用力點頭。

哼。顏鈞白她一眼，放下心來。這還差不多。

他扭開臉，走到被他踹歪的床邊坐了會兒，看著牆悶聲問：「……好看嗎？」

梁依依半晌才反應過來，立即點頭道：「好看。」她小心翼翼的走過去，看一看顏鈞赤裸、精悍、勻稱又健壯的上身，用樸素的語言拍馬屁道：「你長得像一朵花一樣。」

「嘖！」顏鈞氣咻咻的瞪她一眼：「花有我好看？！」

「哦哦，沒有沒有。」梁依依遲疑的低頭，小臉擰成一團，糾結的想該把他比喻成什麼。要使用必殺技四字成語嗎？沉魚落雁？通用語該怎麼說？你美得嚇跑了天上的猛禽和水裡的海怪？她覺得這個修辭的方式顏鈞應該喜歡，夠威風，於是她清了清嗓子剛想開口說話，顏鈞卻先她一步說話了。

「我這麼帥……」他睫毛閃了閃，喉頭一滾，開口道：「妳就不要再想東想西了……不然我甩了妳，妳跪下求我都沒用，到時候我左擁右抱揚長而去，看都不會看妳一眼。」

梁依依趕緊點頭，「是啊是啊，我可是占了大便宜呢。你又帥、又聰明、又威風、又會學習、又會打仗、又會管很多人……」她使勁的想、用力的誇，還差點嗆著。

顏鈞仰著下巴聽著，嘴角抑制不住的揚了揚，點點頭，中肯的表揚她道：「妳這話講得還是比較實在。」

「嗯，我媽說我最大的優點就是人實在。」梁依依認認真真的說，然後在心裡補充：你還又凶、又霸道、又自以為是、又蠻不講理，不過看在你對我好，我不跟你計較。

顏鈞深吸一口氣，再長長出了口悶氣，偏頭瞥一眼她被撞青的小臉，撇了撇嘴，猶豫一會兒，含糊不清的開口道：「要獎勵嗎？」

「啊？」梁依依沒明白。

「要我獎勵妳嗎？」顏鈞瞪她一眼。

梁依依趕緊點頭，不管三七二十一道：「要。」

「哼。」顏鈞站起來打開門，對外面的守衛吼道：「拿醫藥箱過來，我給你一分鐘！」

自覺工作失職、導致嚴重夫妻糾紛的守衛立刻狂奔，拿了醫藥箱回來，見少爺大剌剌岔開腿坐在梁小姐旁邊，兩手極霸氣的撐著膝蓋，不耐煩的在抖腿，他立刻小心翼翼的送進去，將醫藥箱遞給少爺，「少爺，醫藥箱拿來了。」

顏鈞瞪眼，「你不打開我怎麼用?蠢貨！」

苦逼守衛趕緊把醫藥箱好好打開。

顏鈞在醫藥箱裡面瞄了一眼，他大少爺也不知道該拿哪種藥，於是把眼睛一瞪說：「你不拿出來我怎麼上藥?」

守衛看一眼梁小姐臉上的小小瘀青，苦哈哈的找出相應的噴劑，把蓋子打開，把噴口對正遞給少爺，「少爺，這樣噴──」

顏鈞老臉一紅，伸手狠狠拍他腦門道：「我當然知道了！」

他接過藥，手一揚，擺出一個極大的架式，撥正梁依依的臉，朝那塊瘀青小小的噴了一下，然後把藥扔回去，這就算獎勵完了。待守衛一離開，他扭著臉繼續跟牆壁瞪眼，誓要把它瞪穿。

梁依依輕輕碰了碰自己的臉，知道顏鈞這是在消氣了，這才鬆了口氣。

雖然她自己覺得很委屈，也很難過，而且特別疑惑，不過她可以哭，哭一哭就好了，可是剛才她確實從內心感覺到顏鈞心中的憤怒膨脹得就像要走投無路、快爆炸了一樣。她一點也不想讓顏鈞難過，也不想跟他吵架，她想摸摸他，讓他別氣了，可剛才他一身都是炸毛的刺，讓她不敢靠近。

所以她施展了從幼稚園到大，她所積累的全部騙吃騙喝、裝乖賣巧的經驗，包括可憐巴巴法和苦肉計，接下來還有幼稚園人胖的時候特有的「肉球滾地大法」，不過現在沒有那個身材條件了，她苦著臉想了想，既然如此，那就只好改用美人計了。

梁依依揪著手，扭扭捏捏的湊到顏鈞身邊，挨著他坐下，顏鈞立即緊張的繃緊背脊。

「顏鈞。」梁依依伸手去捏顏鈞的大手，顏鈞甩開她，她又毫不氣餒的再接再厲，終於把顏鈞粗糙寬大的「柔荑」捏在手心，然後她小聲的說：「你要是有什麼問題或者意見，你就直接跟我講好嗎?以後你別這樣悶不吭聲自己想，想完了就跟一顆皮球一樣自己充滿氣，那樣很容易衝動，會爆血管的。」

「我以前覺得這世界上沒什麼事情好發脾氣，發脾氣又賺不到吃的，那有什麼好氣的呢?你只要弄清楚原因，說不定就不生氣了。我反正是不會撒謊的，所以你就儘管問我，不要生氣，好嗎?」

顏鈞蹙著眉頭不看她，半晌喉頭動了動，突然道：「妳到底有沒有幫那個傢伙訓練過?」

「沒有。」梁依依斬釘截鐵，「我跟他的接觸只限於老師和學生，我犯過幾次錯誤，他讓我去監察處做過幾次檢討，就是反反覆覆的背校規、抄條例，偶爾他會考我一些知識，就沒別的了。」

「那妳怎麼做那個夢？」顏鈞依舊不看她。

「跟我那個夢有什麼關係呀？我夢見的……」梁依依不好意思的小聲說道：「我夢見的是你呀。」

顏鈞嘆口氣，卡繆的混血特徵獨一無二，全星系沒有其他人有，在能量暴動或極為激動的時候，混血特徵就會顯形，尖耳朵和紫色眼睛非常醒目，因為這個原因，他還被謠傳不是上一任拉瓦德將軍的親生孩子，給了他的長兄沃爾夫排擠他的藉口，導致至今無權無勢，只能在學院裡蹲著。

他偏頭看一眼梁依依，伸右手推一下她的蠢額頭，道：「算了，妳不需要知道。我大概明白是什麼原因了……」他咬牙切齒的撇撇嘴。那個死面癱，居然用催眠手段覆蓋記憶，真是狡猾！

「哦。」梁依依捏捏他的左手，說：「還有什麼要問嗎？」

顏鈞張嘴剛想問，「切」了一聲別開臉，又張張嘴，一臉不經意與不屑，含糊道：「我之前親妳……是不是妳的初吻？」

梁依依臉一紅，低下頭，點了點頭說：「……是呀。」

「哼。」顏鈞輕哼一聲，輕蔑的瞥她一眼，強調道：「我對妳這些事其實完全不在乎，無聊得很，不過是妳讓我問我就順便問問。」頓了頓，他又問：「那妳不是還有過三個男朋友嗎？都沒親過妳？」

梁依依一愣，「哎？你怎麼知道呀？是啊，我幼稚園有一個，唔……小學三年級和四年級的時候各有一個，我們關係很好的，經常一起吃零食。」

「啊？」顏鈞轉頭鄙夷的盯著她，突然覺得他為了這個蠢東西生氣可能還真是白生氣了。

他站了起來鬆鬆筋骨，整個人好像忽然又活過來了一樣，「嗤」來「嗤」去的繞著梁依依鄙棄的轉圈，開始精神抖擻的數落她：「妳說妳，沒腦子就別往外面亂跑，一拐就跟著走，蠢貨一隻……以後不要別人說什麼就信，給什麼就吃，再亂吃就砍嘴！亂說話也砍嘴！」

「哦，好嘛。」梁依依於是也跟著放鬆下來，軟骨頭的往床上一趴。

「以後妳要用到嘴的時候要向我打報告，我批准了再用，聽到沒？！」顏少爺已經滿血狀態正常原地復活了，蠻不講理的無聊技能開始升級。

「哦，好嘛。」梁依依態度敷衍。

「報告知道怎麼打嗎？」

「知道呀。」梁依依無奈的翻出手機，應付道：「學校裡寫過申請報告的，唔……向顏鈞申請使用嘴巴的報告，我向你打報告寫什麼抬頭呀？敬愛的直屬長官？尊敬的頂頭上司？」

顏鈞不置可否。

梁依依在手機裡翻了翻，看到一個詞，捂臉害羞的笑了笑，說：「那……莫哦羅（親愛的）？」

顏鈞耳根一熱，哼了一聲，嘴角揚了揚，煩躁的道：「嘖！就用這個字少的吧！省得麻煩。」

他轉過身，拿出手機打電話給陸泉，嘴角忍不住挑起來。

……★……★……★……

奈斯星區外泊的一艘護衛艦上，陸泉、林楝、白恩、羅奇銘和後面趕來的瑞恩等人圍坐成一圈，正愁眉苦臉的沉默著。

突然，陸泉的手機響了起來，顯示是少爺的來電。

陸泉立即接通擴音，眾人緊張的坐直身子，聆聽這通電話。

「陸泉，我等會兒過去找你，你把大家都召齊了開會。」

少爺的聲音似乎非常輕鬆愉悅，全無大家所想像的血案後的慘痛情緒，眾人驚奇的互看一眼。

「還有，你安排人替梁依依檢查一下身體，看有沒有什麼化學或物理致幻物的殘留，搜集所有有操縱或致幻作用的東西，等會兒把資料給我看看。」

電話裡，少爺突然離開手機，較遠的說了一句：「梁依依妳要睡好好睡，別歪七扭八的，蓋被子！妳想把這破床再弄塌嗎！」

梁小姐的小聲音依稀傳來：「是你把床搖壞了……」

「還頂嘴！」

那頭的兩人說著說著又開始拌起嘴來，少爺似乎已經忘了還開著手機在下指示這回事了。

瑞恩嘆為觀止的往椅背上一靠，欽佩道：「少爺真是……」

陸泉推了推眼鏡，接道：「胸襟廣闊。」

列威廉參將點頭，「大將氣度。」

羅奇銘少將讚嘆，「能忍人所不能忍。」

白恩豎大拇指，「叼！」

只有林棟搖搖頭，「昏君！」

第十章 ✦ 媽媽我要當星際巨星了！

繚繞星雲，鴻蒙宇宙。

一艘梭形的異域禮賓艦在幾艘聯盟護衛艦的伴行下，像一柄迅速下劈的利劍，決然的破開宇宙的漆黑，颼颼之間相繼穿過了奈斯星區的幾顆小浮星，那幾顆小浮星是奈斯的前衛哨營。

前衛哨營早就接到了聯盟政府通知，在迅速完成身分確認後，快速打開了後面的電磁干擾屏障和放射性准入牆等防禦系統，並告知了皇室衛戍區。

異域禮賓艦一路暢行無阻，向著這片皇室星區的核心星球——莎瑟美星宮所在的娜拉蒂斯星直奔而來……

莎宮前方一望無際的綠茵山坡上，清風徐來，由遠及近。宮門前筆直站著皇宮近衛軍與衛戍區長官，其後是聯盟政府的一些外交官員和重要部門的首長，在幾重立柱宮門的後面，靜靜等待著一些皇室的高級御官和皇族親隨們。

中宮的大殿內，悠然坐著許多舉止優雅、一絲不苟的貴族，以及那些弱不禁風、表情麻木，或者板著臉孔、自矜自傲，或者大腹便便、笑談不羈的三代皇族子孫。

中宮大殿最深處的皇帝寶座上，坐著那位一百多歲高齡，一直面帶憨笑，看上去有些老年痴呆的皇帝。他像一尊披掛華麗的胖頭老人雕像，被擺在那個「高貴無極」的位置上。

今天，不僅是老皇帝生日慶典的第二天，也是備受矚目的迪里斯流亡皇子拜見奈斯皇帝，並正式加入貝阿·奈斯聯盟的日子。可那些軍閥的子姪們，有的姍姍來遲，有的尚未出現。雖然說現在確實時間還早，但這些人的囂張氣焰可見一斑。

默爾克殿下沉默的望著殿門，拇指與食指輕輕搓揉，他這兩天一直睡不好，雖說蟲子們的話給了他很大的希望，但他既不了解那個遙遠至極的十字梟海盜團的脾氣，也不知道什麼時候才能聯繫上對方。

宇宙那麼大，海盜的行蹤何其飄忽，就算由數量龐大的內立卡蟲族去尋找，結果也很難預料。蟲子們的計畫還只是個美好的假設，在事情有確定的轉機之前，他還必須忍耐，必須忍耐……

默爾克的兒子納達惱怒的緊咬下頷，捶了一拳扶手，沉聲道：「這些狂妄該死的軍匪……他們難道就沒有一絲的禮儀與顧忌嗎？！」

默爾克殿下立即警惕的看一眼四周，嚴厲的橫了納達一眼。

莎宮西南角的天穹之上，十艘夜旗軍飛船黑壓壓的鋪滿了天空。林棟、陸泉與白恩等人仰著頭，齊刷刷的抬手敬禮。

一艘飛船悄無聲息的落了地，其餘飛船依舊不慌不忙的遮罩著天空。落地的銀黑色飛船如同一頭沉穩的猛獸，張開大嘴，放出幾名身著聯盟制式軍服的挺拔軍人，他們胸前別著六翼鐵花的徽章，兩肩掛著尉級以上才有的肩章穗，胸前的兩排華麗勳章是無聲的威懾，幾張在軍界中無人不知的臉是地位的象徵。

夜旗軍總務部部長費奧娜中將、總參部副部長南迪斯參將、軍工高科負責人白穆林上校和生化高科代理人圖克等人逐一下船，他們身後跟隨著一群軍銜不低的軍官。

列威廉參將與羅奇銘少將帶頭迎上前，陸泉與林棟等人緊隨其後，眾人並沒有多說閒話，一齊向顏鈞所在的奈瑟斯水晶殿走去。

林棟走在堂叔林越中尉的旁邊，忍不住端詳他片刻，問道：「叔叔，保護梁伯母的任務應該是個肥差，但我聽說你一直在積極的要求調動，難道這事很辛苦？你看上去瘦了不少。」

林中尉表情變幻莫測，片刻後，他長嘆一口氣，望著天空道：「不辛苦，在梁伯母的指導下……我學到了很多知識。」他拿出口袋裡的二條。

林棟一眼看到那枚方塊的麻將牌，問道：「這是什麼？」

林中尉望著他，鄭重道：「這是一種武器。」

林棟頓時眼睛一亮，興奮道：「哦？武器？體積這麼小巧？那麼殺傷力怎麼樣？」

林中尉凝重道：「哦，它擁有大規模殺傷性，摸一把，就會造成巨大的人身和經濟傷害。」

林棟驚嘆道：「是嗎？叔叔，能把它送給我研究嗎？」

林中尉搖頭，捏著二條道：「這是梁伯母送給我的臨別禮物，她說我就跟這東西一樣……」他撫了撫麻將牌上豎立的二，沉思道：「我想她的意思應該是指，我就像這兩根直立的線條一樣，挺拔堅強吧！」

林楝眉頭微挑，點點頭。

奈瑟斯水晶殿的寢殿內——

顏鈞正在迅速的整理衣裝，他肩上蹲著那隻戰戰兢兢的假閃電。

梁依依坐在梳妝臺前，幾名女僕環繞在她身邊，正想盡辦法為她遮掩臉頰上的瘀青。睡了一晚後，那小塊的青痕還未完全消退。

顏鈞偏頭看她一眼，皺眉走過來，捏起她的下巴，用拇指輕輕壓了壓那小塊地方，煩躁不已的問道：「還疼不疼？」

「不疼了。」梁依依搖頭。

顏鈞放開她的臉，「那就算了，有什麼差別？有疤沒疤一樣醜！」

梁依依皺皺鼻翼，不服，碰碰臉頰道：「這不是疤，這是勳章，授予被顏鈞欺負的梁依依，表彰她的不畏強權和大人不記小人過。」

顏鈞嗤鼻的翻白眼，兩臂一展，把剛才穿好的軍裝扒開一些，指著麥色胸膛上昨天打架留下的光榮痕跡道：「看看，本少爺這個才叫勳章！」

梁依依湊過來，伸爪子輕輕摸了摸他紅腫的「勳章」，認真的瞻仰了片刻，不知道聯想到什麼，突然小臉一皺，舊事重提道：「顏鈞，我好餓啊……」

「嘖，閉嘴！」顏鈞趕緊將衣服穿好，沒事讓她想起這件事幹嘛！他果斷拉著她出門，以行動來轉移話題。

前廊上，瑞恩和白恩邊聊天邊等著，兩人沒去迎接那些高級將領，倒樂意在這裡偷閒。見到握著梁依依的小手、以占有和保護的姿態出現的少爺時，瑞恩心中不禁湧起了對大自然的無限敬意，他臉上露出了沉醉（猥瑣）的微笑，掏出記錄本寫下一首才華橫溢（？）的詩——

哦～～看吶！鐵水翻起了浪花！公龜在往母龜背上爬！

少爺潛伏了二十二年的巨斧，終於進化！有了昨夜之事作為催化——

想必他們倆一定在整夜的啪啪啪……

瑞恩露出自得的笑臉，振奮道：「看，我寫了一首很美妙的斜體詩！」

白恩於是伸過腦袋來瞧，梁依依也擠進來踮起腳尖看，顏鈞不經意的瞥了一眼，瞬間跳了起來，一把將梁依依抱開吼道：「瑞恩．薩迪斯，你寫的什麼玩意？！」

瑞恩果斷道：「哦，這是藝術。」然後頓了頓，笑道：「應該，也是事實？」擠眉毛。

「顏鈞的巨斧……？」梁依依還在回憶著輕輕唸，「啪啪啪……」

顏鈞一手捂住她的嘴，熱氣騰騰的勒令她立即忘掉！奇怪的東西被她慢騰騰的含在嘴裡唸出來就變得更加奇怪了！

這時，一行高級將領們正好走來，費奧娜中將老遠就看到顏鈞等人，在他們面前一貫（看似）沉穩大氣的少爺，此時正很不像樣的抱著個女人在皇宮中跳腳。

她皺起眉頭，雙眼犀利的上下掃視那名少女。她是聽說顏鈞有了女人，還為他的成長感到無比欣慰，但似乎，不是這一個？說實話，這一位看上去……真是不大好。不過年少輕狂時的對象確實無關緊要，說不定吵一架便又換了一個，年輕人嘛。

其實少爺若像這樣頻繁隨意的更換女人，或許還是件好事。

作為一位志在廣闊宇宙的軍隊領袖，他們的將軍實在是過於倔強痴情。要統馭軍隊、敕令殺伐，甚至統一星系，帶領貝阿人邁入更高級的文明，還是需要一位無情冷血的霸道統治者，對待感情太執拗、偏執的人，很容易不理智。

她收回視線，不再在意那名少女，反正說到底，顏鈞的另一半，無論如何也不可能是個平民。近有帶著「奎拉」而來、作風怪異、既搶手又棘手的迪里斯皇族，遠有四年一度的「勒芒．德普路斯會議」即將召開，無論哪件事，都比一個轉眼就枯萎的普通女人重要得多。

★★★

十分鐘後，顏鈞等人不緊不慢的踏進中宮，內殿隨之一靜。

貴族們不自覺的夾緊了臀部，坐得更加筆直端正。他們看到那群人從殿門口從容不迫的慢慢走來，個個身著筆挺肅殺的軍裝，腳步從容，面無表情，沒有人刻意擺出凶煞的臉，但那氣勢卻像他們逐漸逼近的腳步一般，緊緊碾壓著人們的心臟。

顏鈞手中托著軍帽，將其夾在左臂彎中，從容不迫的走在最前面，幾乎與他並排前行的，是顏系軍中的幾名實職當權將領。

沙場歸來的人身上，自然而然帶著掠奪與征戰的寒意，就像一柄滴著鮮血、拖地而行的收割鐮刀；旁邊坐著的精緻貴人們，卻像那華麗妍豔的花草，他們躲在溫室中，生長在花房內，總有種等待被收割的心驚膽戰。

顏鈞停了下來，他微微抬起下巴，站在大殿正中央望著幽深寶座上的老皇帝，揚起右手。

他身後的軍人們刷啦一聲整齊的跪下，驕傲的單膝點在冰冷的黑石地磚上。顏鈞也撣了撣軍裝下襬，緩緩曲起右腿，右膝只在地上輕輕一沾，便再度從容的站了起來，這套動作看似是優雅莊重的緩慢，其實卻是氣焰逼人的輕慢。

「願，皇帝陛下榮光永鑄——」顏鈞淡然道。

坐在默爾克身後的納達殿下幾乎要咬碎牙齒，「這個匪盜、狂徒！遲早有一天我要砍斷他的膝蓋！」

默爾克心驚膽戰的警告他一眼，「納達，沉穩一點！」

納達下頷緊繃，氣憤難平的低下頭。

中宮的後殿之中，梁依依正坐在椅子上耐心等待著，等著一會兒被帶到內殿。

就跟昨天一樣，由於她的身分並不是顏鈞的夫人——呀～討厭～她臉紅了——所以作為平民的她，是沒有資格拜見皇帝的。她只能等待，等顏鈞的覲見完畢、禮儀上的事情全部完成後，她才能在御官的帶領下由內殿後方進去，悄悄坐到顏鈞旁邊。

其實有件事她一直在奇怪來著。皇帝陛下好像說過要褒獎她的「英雄」行為，允許她殿上參見的，但是不知為什麼，一到這裡之後，大家就好像自動忘了這回事。早上她還虛心的不恥下問，向顏鈞請教過這個問題，被顏鈞狠狠瞪了。瞪就算了，他還是不告訴她到底為什麼。

梁依依的左右前後或站或坐著白恩等人。顏鈞肯定不能讓梁依依一個人待著，白恩正好巴不得不去跪那個老年痴呆的老皇帝，立即當仁不讓的要求到後殿「鄭重保護」梁依依小姐。可實際上呢，他一進來就在抖著腿東張西望，屁股下面像有針一樣坐不住，沒過一會兒就跑到迴廊那邊欣賞裸女壁畫去了。

不過讓人驚訝的是，軍工高科的負責人白穆林上校和生化高科的代理人圖克中校竟然也沒去參加覲見。兩人分別以「不想去」和「不太舒服」為理由，一左一右悠然的站在梁依依兩側，只等白恩一出去，這兩人就迫不及待的圍著梁依依蹲下來，用大叔勾引小妹妹吃棒棒糖的表情，笑咪咪的看著她。

白穆林揚起丹鳳眼，勾脣道：「依依小姐，想當明星嗎？」

梁依依懵了，「啊？」

圖克方正的爺們臉露出熱切的笑容，以誘拐小朋友的語氣道：「是啊，就像電視上那些漂亮精緻的人，風光得很，喜歡嗎？」

白穆林緊接著道：「不僅風光，而且新鮮，試水玩一下怎麼樣？從拍廣告開始吧？就當是一次新奇的體驗嘛。」

梁依依的反應能力尚未上線，但從別人的角度看上去，她露出了「深思」的表情。

圖克高興道：「看來梁小姐感興趣？」

白穆林笑得很開心，「那正好，這個季度，白羅生和庫尼公司有很多產品想打進民用市場，只要依依小姐有興趣，那就先為白羅生的民用武器代言試試吧。白羅生計畫為妳製造一幅巨大的行星投影天幕廣告，妳的倩影可以在入夜時分，定時飄浮在整片璀璨的星空之中……」

他以迷人優雅的語調，細細為梁依依描述星空、浮影和華麗廣告交相輝映的畫面，這樣的大手筆足以造成話題，吸引路過的飛船和行人駐足，讓行星帶內的居民們津津樂道。

梁依依領悟了他們的意思，起初真的露出興奮的表情，電視、廣告、明星和八卦可是梁女士遺傳的家族愛好，可是……她皺起臉又一想，她當不了明星啊，以她的外在條件來看，不實際呀。

「我覺得很有意思！」梁依依坦誠道：「可是我不漂亮，也沒有特點，你們請我拍廣告，會弄砸的。」

她想或許會有人在電視機前一邊看她的廣告，一邊吃爆米花，一邊笑她長相平凡；或許還有人會在經過她的行星投影天幕廣告時，本來飛船坐得好好的，突然要吐了、暈船什麼的……梁依依搖頭道：「算了，不太靠譜吧。」

白穆林鳳眼一揚，朝梁依依湊近一些，笑咪咪道：「妳錯了，依依小姐。妳要是想當明星，那麼妳就是明星。只要是妳的廣告，任何一家商業公司都會趨之若鶩，因為……妳是顏鈞的女朋友。光憑這個噱頭，就足以在整個貝阿行星帶內製造源源不斷的商業利潤。話題，就是商機。」

圖克熱切的推波助瀾道：「沒錯，在艾芙蘭大星系群內，顏氏的名聲不僅震懾著貝阿星系，更影響著周邊星系。閃著貴金屬光芒的顏氏繼承人的名聲，在貝阿星系內就像常識一樣無人不知、無人不曉，在周邊星系內，顏鈞這小子也聲名顯赫，一般明星怎麼可能跟他比。所以，如果妳為我們做廣告，哈哈！光『顏鈞的女人』這幾個字就是明星光環，完全不需要旁白介紹和大力吹捧！」

說起賺錢這事，白穆林的眼中閃動起璀璨的光芒，他忍不住輕輕拾起梁依依的軟手，清楚仔細的教導道：「依依小姐，由於近幾年海盜橫行，行星帶內的治安也不算好，所以民用武器的市場潛力越來越大。有經濟能力的人，最好都配備一把中等殺傷力的 Sertina 小口徑干擾槍，或者物理防禦腕錶，我們新推出的產品中，特別設計了粉紅色造型別緻的女用型……」滔滔不絕三分鐘。

「所以我第一個就想到了妳，妳是最適合的人選。想想看吧，妳捧著粉紅色的小槍，在星空中穿著裙子轉個圈，擺一個特工的姿勢，那該多漂亮！」

梁依依有點害羞又有點興奮的小臉微微紅起來，笑容顯得很期待，儼然已經被白穆林說動了。

圖克不甘示弱道：「庫尼生化最近也有很多大動作，比如高端產品『修容藥水』，它可以從光學角度對面容進行一小時內的修飾，是完美的微調，雖然時間短，但比化妝效果好多了！」

兩人一人捏著梁依依一隻手，說得非常高興，十分興奮。白恩從迴廊外欣賞完裸女壁畫，手插在褲袋裡悠哉悠哉的走回來就看到眼前景象，立刻嚇一跳，他算是知道什麼叫「千防萬防、家賊難防」了！

「喂喂喂，你們兩個在幹嘛？她是顏鈞的女人！」他大步流星的走過來拿開他們的手，吼道。

白穆林瞇著眼站起來，不快道：「你在誤會什麼？我們是在愉快的探討商業問題……還有白恩，『喂喂喂』不是我的名字，你要叫我長官！」

白恩的嘴一撇，無奈的向兄長敬禮。

這時，一名御官走了進來，彎腰請他們去前殿。

梁依依連忙高興的從椅子上蹦下來，「謝謝，我們進去吧，坐了這麼久，也有點無聊了。」

白穆林笑意綿綿的看她一眼，目光包容中還帶著一絲同情。無知的小丫頭，這就算坐得久了嗎？接下來可是更無聊的久坐啊……

……★……★……★……

中宮內殿——

瑞恩坐在靠近殿牆和廊柱的地方，由於無官無銜的原因，離少爺有點遠。

他剛剛無聊的戴好了有遠距離收音作用的偷聽耳機，就看到梁依依小姐悄無聲息的從後方走了進來，小心翼翼的坐在少爺的旁邊，以為沒人注意她，小巧的手還偷偷爬上少爺放在膝頭的手，抓住他的袖子搖了一下，似乎是示意自己來了，被少爺無意識的一把包住手，不准她動。

瑞恩興味滿滿的看著小情人互動，將另一對偷聽耳機塞給林棟和陸泉。

陸泉捏著耳機沒有用，他可沒有瑞恩那樣無聊猥瑣的八卦興趣，倒是林棟同樣無聊，端著一張英武正氣的臉，加入到偷聽行列。

瑞恩調整方向和頻率四處收音，正對面的那群貴婦們正在竊竊私語——

「天啊，妳看到沒？昨天那個出軌丟人的女人竟然活著出現了，還坐在顏鈞的旁邊！」

「哇，真是太羨慕了，哦不是，真是太無恥了！」

「看她的臉似乎有瘀青？難道被顏鈞打了？」

「一定是，不過是打一頓，顏鈞的脾氣已經算好了。我想他之所以還讓她坐在旁邊，恐怕是為了面子、假裝鎮定吧。妳們等著瞧，等一出宮，這個女人一定會被滅成灰！」

「我真好奇，卡繆上將那樣看似自律嚴謹的人，跟她到底發生過什麼呢……」

「那當然是……」

幾個貴婦們小聲笑成一團，那些大膽的臆想詞句聽得瑞恩臉都紅了，澎湃的鼻內膜毛細血管又有崩壞的跡象，他連忙換了一個方向，偷聽少爺和梁小姐咬耳朵——

少爺正表情張狂的小聲嚇唬梁依依，霸氣側漏、聲音猙獰道：「敢跟本少爺搶東西的人，不是找死，就是已、經、死、了！」

梁依依露出被王霸之氣震到的誇張表情，正當少爺洋洋得意之時，她一副「害怕」的模樣，慢吞吞問道：「顏鈞，我昨天晚上搶了你的被子哦……」

少爺的囂張氣焰登時被她熄滅，看上去又想跳腳，但他礙於周圍環境不敢吼，於是惡狠狠的瞪她，「妳做的事早就找死一萬遍了！妳等著，我都記上了，到月底一口氣宰了妳！」

梁依依才不怕他，笑咪咪的搖著他的手。少爺看似氣咻咻，但看到左邊桌上的精美糕點梁依依拿不到時，又特意將糕點端在自己手裡，讓她偷吃。

瑞恩嘆服的搖搖頭，再次調整收音方向，他大膽的對準了坐在第二排的卡繆上將——

古賴爾偏頭對卡繆說：「叔叔，如果不舒服的話，不如向皇帝告假，你回去休息吧。」

「……不需要。」卡繆淡然搖頭，突然嘴角一抿，抬起眼朝瑞恩看過去。

「滋啦」一聲，瑞恩的偷聽耳機被強資料流程震壞，他嚇得一縮脖子，把頭埋起來假裝自己不存在。

卡繆盯著瑞恩看了片刻，慢慢收回視線，中途自然而然的掃到了……梁依依學員。

他立即挪開眼，正直平淡的收回視線，眼睛在近前的黑石地磚上游移片刻，突然眉頭一皺像是回想起什麼，霍然抬頭看向梁依依的臉頰。

梁依依正縮在顏鈞後面，看上去膽小畏縮的一小口一小口吃著糕點，右臉上有明顯的瘀青……

卡繆濃眉一皺。惱怒。

無論如何，也不應該打她。

他存在感過強的視線和訓導主任般凜然的怒氣讓梁依依有所感覺，她抬起頭，看到卡繆正皺著眉惱怒的盯著她，她嚇得一哆嗦，被嘴裡的糕點嗆到了，幾聲連續的咳嗽讓她自然而然紅了眼眶。

卡繆見梁依依一看到他便紅了眼眶、肩膀顫抖，甚至眼裡泛起依賴和求助，他下頷一緊，盯著她看了片刻，深吸一口氣，低頭握拳，不知在想什麼。

約十幾分鐘的等待後，宮門外傳來騷動，千萬光年外流浪而來的迪里斯皇族們終於到了。

內殿中端坐的人們，也正襟危坐起來。

片刻後，三名衣著繁複、墜飾華麗、身材高又修長的年輕男女，帶著一行禮官，慢慢跨過殿門。他們三人還未完全清晰露面，那一頭如同有著自主生命的藍色長髮便飛揚起來，悠然徐徐的無風自動。

迪里斯的大皇子安蘇清淡的抿起嘴角，權當是笑容，他正準備彎腰撫胸向這個蠻荒文明的皇帝致敬時，塞拉爾手裡抱的寵物——白浣獸牙牙突然衝著殿內的人們狂叫起來，牠不明所以的開始興奮，從小皇子塞拉爾的臂彎裡奮力掙脫出來，在眾人還沒反應過來時，朝著殿內的人們衝去。

「內內內內內！」白浣獸的叫聲幼嫩可愛，但牠現在的意圖和狀況明顯一點都不可愛。

聯盟的外交官尷尬的笑了起來，連忙站起來走向白浣獸，似乎想將牠抱回給那位塞拉爾殿下。

白浣獸見外交官走來，戒備的朝外交官縮起前爪、聳起肩膀，猛然張開嘴爆出「昂！」的一聲，這攜帶著驚人能量的一聲尖叫，讓在場不少人猛地眩暈，外交官更是直接暈倒在地。

眾人沒防備這隻小寵物竟然有能力，此時紛紛驚慌起來！

塞拉爾在白浣獸身後看似著急的喊著「牙牙停下」，但其實內心非常高興得意，他就是要讓這些閉塞無知的人看看，就連他的寵物也是初階能力的巡航者！

牙牙叫暈了一個人，似乎更加興奮了，越戰越勇的在大殿內橫衝直撞，以嚇人為樂，誰都抓不到牠。在座那些貝阿星系的巡航者們又不屑於屈身去捉一頭寵物，於是牠越發無法無天。

隨著能力的無節制使用，牠的內眼瞼發紅，喘息劇烈，露出了類似巡航者臨界突破時的暴動情形，這時牠一下子撲跳到顏鈞腳邊，張開嘴似乎也想朝他叫，顏鈞露出略微驚奇但又十分鄙夷的複雜神情，正想一腳踹開牠，白浣獸卻突然一停，緊緊盯著旁邊的梁依依。

牠盯著她看了幾秒，突然兩隻前爪往後直縮，露出害怕又戒備的神態，梁依依見到這毛茸茸、肥肥圓圓的小動物就萌得心裡軟乎乎的，見牠緊盯著自己「乖巧」不動，圓圓的眼睛濕漉漉的，實在是難以忍受內心的萌動，於是不怕死的抬手想摸摸牠。誰知她剛一揚手，白浣獸牙牙便後腿一跪，嚇得坐在了地上。

梁依依得意的摸了上去，手剛放到牙牙身上，她就驚訝的一頓——咦，牠有被套能量？！

梁依依忍不住邊摸邊吸了一點，但她腦子還是清醒的，沒有做出「滾能量球」的傻事，饒是如此，她的舉動也已經吸引了所有人的注意。

人們都只當她夠大膽、夠莽撞，敢摸有攻擊性的外星異獸，但埃爾卻緊盯著她的手，凝重深思，然後露出恍然大悟的震驚表情。

迪里斯人也對這一情景頗為驚訝，而文大師盯著這個女娃，亦眯起了雙眼。

殿內一片安靜，梁依依後知後覺的收回手。

她是不是又犯錯了？

這是很貴重的動物，不能摸對嗎？

梁依依抬起頭，眼巴巴的看顏鈞。

顏鈞鎮定大氣的瞥她一眼，看上去滿不在乎、胸有成竹，但其實心裡在狂打鼓。他不知道梁依依做了什麼讓這隻小畜生安分成這樣，但梁依依身上有沒有「問題」他一清二楚，他怕引起不必要的懷疑。

顏鈞不著痕跡的抬眼掃了一圈，發現人們的焦點基本上集中在白毛動物身上，偶爾有幾個看著梁依依的也只是出於好奇。

聯盟的官員見白浣獸終於安分，積極的湊過來將牠抱還給塞拉爾殿下。

塞拉爾緊張的檢查他的寵物，心疼的撫摸牙牙發抖的脊背，抬頭對朱碧卡和安蘇嘰哩咕嚕的說迪里斯語，然後伸出手指惱怒的指向梁依依，看樣子是要發脾氣。安蘇沒有理會他的無理取鬧，隨意一揮手，輕描淡寫的揭過，帶頭繼續往殿內走。

顏鈞鬆了口氣，安穩的往椅背上靠了靠，感覺這事低調一點也就過去了，卻在不經意間瞥見了埃爾。他正緊盯著梁依依，目光帶有強烈的企圖性，那神情猶如潛伏待獵的野獸，其無意間流露的攻擊性正向無知無覺的梁依依靠近……

顏鈞眉心一跳，「喀吧」一聲捏響了拳頭。

埃爾眼神一閃，意識到他對「小動物」的覬覦已經被飼主發現，於是輕輕的一轉眼珠，與顏鈞對視。半晌後，他斜起嘴一笑。

顏鈞動怒的挑起眉頭。

埃爾笑咪咪的豎起一根手指，意味深長的放在嘴前，比了個噤聲手勢，然後無聲的說：「我明白了……真棒。」

顏鈞的臉驀地一沉。

★★★

二十分鐘後，梁依依坐在禮賓艦的大臥室內，有點莫名其妙。

剛才一切都好好的，迪里斯星系來的那幾位俊美皇族正在向皇帝見禮，並獻上新奇的禮物，她興致勃勃、大開眼界，坐在她旁邊的顏鈞卻一會兒皺眉、一會兒咬牙，思來想去的，然後突然讓人把她送回來，理由是她偷吃的糕點太多了。o(╯□╰)o

梁依依在寬大的臥室裡一個人待著，無聊的摸出手機。她發了好多訊息給薛麗景，但是都沒有回音，不知道薛麗景在忙什麼。

夜旗軍的大禮賓艦浮在娜拉蒂斯星上方的衛戍區隘口，周圍是顏鈞帶來的兩個獨立團，雄兵環繞，如黑雲般壓在娜拉蒂斯星的上方。

梁依依走到臥室的牆邊伸手點了點，整片內牆刷啦一下變為透明，可以看見外面幽遠的星空、遠方點點閃爍的星子，和腳下那顆美麗的娜拉蒂斯星球。

她看了一會兒浩瀚的宇宙，低頭脫掉鞋，在地毯上晃來晃去，然後往後仰倒在床上，頗為期待的等顏鈞回來。

離開中宮前，白穆林上校再三囑咐她，說她答應的事不能反悔，讓她跟顏鈞講她願意幫白羅生拍廣告，他說只要她想，顏鈞一定會答應的，還說撒撒嬌什麼的……梁依依捂住臉，自己都覺得害羞，她有點「醜人多作怪」的感覺，雖然這事是白上校一個勁的在煽動，但不可否認她也很躍躍欲試啦，白上校說這種事對顏鈞來說是小事一樁，他可能都懶得管的。

梁依依打了個滾，趴床上打電話給媽媽彙報。

她這頭對梁女士講了講宮裡的生活，說皇宮裡的人很可憐，除了吃吃睡睡就只剩跳舞和聊天，生活很單調，梁任嬌女士在那頭說她已經開始上手餐廳經營了，做得有模有樣紅紅火火的，叫她回去參觀，還要她把那個未經老梁家認證的不合法男性友人帶給她看看，她的幾個老姐妹都討論了好幾宿該怎麼考驗他了，連丈母娘第一次見女婿的發言稿都寫好了，真是，焦躁難耐啊！

一番話說得梁依依可羞了。

兩人說了兩小時後，梁依依終於記起來她打這通電話的目的了。

梁依依興奮道：「哦，媽媽，我告訴妳一件事。」

梁任嬌說：「寶貝，說。」

梁依依說：「有兩個人請我拍廣告，他們說我可有噱頭了。」

梁任嬌激動萬分，「什麼?·廣告!·那我能在電視上看到妳了?·!·媽想妳的時候就能看廣告了?·!·哎喲真好，我的寶貝女兒真棒，我早就說過了，其實瞇起眼看妳的話，妳還是有幾分姿色的，主要是妳媽媽我的底子好！」

梁依依也很高興，母女倆再接再厲又說了一個小時，直說到女僕來叫她用中餐，兩人才意猶未盡的停下。

梁依依一個人吃完午餐，去廚房幫女僕做了會兒家務，接著又一個人吃晚餐，又跟小機器人一起拿吸塵器推了一遍地毯，一直打掃到很晚，顏鈞都沒回來，也沒給她一點消息。梁依依不高興了，噘著嘴打電話給他。

「怎麼了?」顏鈞接電話的聲音很低沉，「說重點。」他那頭音樂悠揚，不知在做什麼。

梁依依問：「顏鈞，我很無聊，你什麼時候回來呀?」

顏鈞小聲煩躁，「無聊就叫阿林阿元隨便誰陪妳玩。」

梁依依沉思，換一個理由，問：「顏鈞，我很害怕，你什麼時候回來呀?」

「嘖！」顏鈞壓低聲音，「梁依依妳夠了啊！妳飛船周圍有幾千兵力，有什麼好怕的?」

梁依依嘛嘴，無理取鬧的又問：「那我假裝很害怕，你什麼時候回來嘛……」

顏鈞那頭沒說話了，知道她這是想他了，捏著手機吹了半天的風，才小聲道：「好了，我等會兒就回去……別吵我，再煩人我弄死妳。」

「好，那你不要太晚，我有比較重要的事要說，太晚了我怕我會睡著，你要知道，話憋一個晚上對身體不好的。」

「什麼歪理，又不是尿！」顏鈞低聲咆哮，「憋死妳！」恨恨的掛斷電話。

梁依依高興的扔了手機去洗澡，完了之後換上漂亮的短裙睡衣躺床邊玩手機等顏鈞。

倪卡爾大廳邊緣，顏鈞掛斷電話，斜瞥了埃爾一眼，埃爾笑咪咪的端著酒杯，道：「如何？」

顏鈞面無表情道：「你的想像力不錯，不過很可惜，她沒有那種特別的能力。想要突破，要靠自己腳踏實地的勤奮訓練，不要妄想走捷徑。這是……前輩的忠告。」輕蔑。

「勤奮？」埃爾笑了笑，「我們哪個不勤奮？身體的極限是勤奮改變不了的，你停滯了那麼多年，是因為不勤奮嗎？還不是因為這個容量的關卡無論如何也邁不過去？這道檻你邁過去了，β能量又會開始優化你的身體，以後又能開始新的循環提升，突破之路也許就暢通無阻了。」

「你看，某些人僅僅是幫助你一次，你就受益終生。」他放下酒杯，誠懇道：「顏鈞，我知道你在擔憂什麼，勒芒．德普路斯會議快開了，顏系自然想當貝阿星系中走得最遠的那個。」

「你放心吧，我的天分和能力都不如你，就算讓我繼續突破，也不是你的對手。我所求的，只是超過門奇，他不適合家長的位置，那個位置應該是我的。你放心，我不會告訴別人，我不會跟自己的利益過不去。」

顏鈞瞇眼看著他，有點好笑，「埃爾，如果你因為突破的障礙感到壓力很大，我建議你多休息，不要胡思亂想。」

埃爾也瞇起眼，不太愉悅的道：「如果你堅持這樣，那麼我們沒什麼好談的了。」語氣中飽含威脅。

兩人沉默的對峙，直到這沉默的火藥味濃郁到引起了周邊人的注意，顏鈞才不得不道：「我今晚啟程回去，有什麼話……回去再談，在這裡講話，你也不怕被人偷聽！」他沉鬱的甩下話，沒等埃爾的回答，轉身就走，背影有些氣急敗壞。

埃爾微笑的聳聳肩，心裡舒服極了。

……★……★……★……

顏鈞回到飛船，沉著臉走進臥室，梁依依立即從床頭爬起來，興奮的靠過來牽他的手。她打量了一下顏鈞黑沉沉的臉，踮起腳伸手摸摸他道：「怎麼啦？」

顏鈞無意識的捏捏她的手走到床邊，沉著臉坐下，一臉凝重深思的樣子。一想到埃爾的要求，他最介意的居然不是埃爾突破會對他造成影響，而是——梁依依要摸他！摸他！

這怎麼可以？除非他死了！哼……

梁依依挨著他坐下，兩手搓了搓大腿，開始啟動欲言又止模式。

顏鈞斜瞥她一眼，沒好氣道：「妳要說什麼？說啊！」

梁依依自己害羞，忸怩的嬌嬌了一陣，抿抿脣，挪挪屁股往他身上一靠，手握住顏鈞的手，兩眼閃著小賊光，搖晃說：「顏鈞……」

顏鈞斜眼看她。

梁依依想著想著又覺得羞，突然發現自己有點開不了口，這下顏鈞一定會笑死她。她屁股像長了草般磨來磨去，眼巴巴的抬頭看他一眼。

她這副妖怪模樣顏鈞真是看夠了，他忍住揍人的衝動道：「妳到底什麼事？！」

梁依依停頓片刻，害羞的鑽進他懷裡，仰起頭，小聲咿咿嗚嗚的說：「顏鈞，嗯……我是……我是想……那個……」

顏鈞挑眉。

「嗯……嗯……我想要……想要……」害羞遲疑的梁依依組織語言中。

顏鈞腦子一懵，愣了一下，瞬間明白她的隱晦意圖，頭皮開始發麻。

梁依依還在他懷中扭來蹭去，一雙眼睛濕漉漉的，極其焦急、無限渴求的撒嬌說：「顏鈞……我……想要……想要……」

喀啦啦（閃電音）——

問題：如果女朋友撒嬌說想要的話，一般男人應該怎麼辦？

一般男人陸泉，推推眼鏡，「樂意效勞。」

一般男人白恩，露出肌肉，「想挑戰我？來啊，敢不敢正面戰我？」

一般男人林棟，摸摸下巴，「那很好啊，我們今天可以學習新的姿勢（知識）。」

一般男人瑞恩，顫抖著說：「啊，這……讓我太感動了……請讓我為您……奉獻全部……」

可是，非一般男人顏少爺的反應是——

反射性的蹦了起來，把梁依依狠狠扔在地毯上，然後驚覺會不會摔到她，又把她抱回懷裡。

接著自己開始狂噴雄性激素和腎上腺素，下面的海綿體充血一級戰備完畢，表情猙獰的開始了腦內戰前總動員——

她……她……她居然想……這……可是……不、不過……其實……也、也沒什麼……但是……那……反正……其實……

語言組織能力很有問題的梁依依也在焦急的思考，她反覆想著還是從白上校向她提建議開始說比較好吧？或者直接說重點比較好呢？要不就把事情的主要原因推到白上校身上？雖然她自己，也貪玩啦……呀～羞愧捂臉。

顏鈞一手托著她的軟腰，熱氣騰騰，心跳如鼓。

他確實沒想到……沒想到蠢貨是這麼的……想得到他……咬牙臉紅。

但是……他知道如果不給她的話……她一定會哭……咬牙，好無奈。

梁依依正想開口，就只覺顏鈞手臂一收把她抱緊，然後他沙啞道：「妳……」略帶騷動的顫音，支支吾吾，「我……」

梁依依整理著思路，繼續顛三倒四道：「顏鈞……是這樣……我是想說……」

他偏開頭，閉上眼打斷她，「行了……我知道……」聲音沙啞低沉。

梁依依先是疑惑，然後驚喜，「你知道？啊，原來你知道啊？你是怎麼知道的呀？」難道白上校告訴他了？

這種無聊的問題顏鈞不想答，他默默的把梁依依放到床上，低頭深深的嘆息了一聲，猶豫的一粒粒解軍裝釦子，說：「我先……洗個澡……」

「洗澡？為什麼要先洗澡？你先回答我吧。」就一句話的事，不需要等洗完澡嘛。

顏鈞手指一頓，無奈道：「妳……妳連洗個澡的時間都不能等？……妳就那麼想？」

梁依依臉一紅，不好意思的捏起手，「啊，也不能說多想啦，但是……」低頭，「這種事女孩子都會有點喜歡吧，很新鮮很開心呀，我的意思是……哎呀！」捂臉，「我只是覺得肯定很好玩……我一開始想法很簡單的，就心動了嘛……」

她抬頭看到顏鈞複雜的表情，心想他一定在笑話她，於是再次害羞的撲進他懷裡，埋頭不看他的臉道：「你不准笑我！我就知道你一定在笑我醜，說我醜人作怪，或者還有癩蛤蟆想吃天鵝肉什麼的！」

「我沒有想很多，我貪圖新鮮而已嘛，好嘛我就是想我就是想，我覺得特別有意思，我好想的……」她抬頭揪他衣領，「你是不同意嗎？」

顏鈞長長嘆了口氣，把她壓回床上，兩手撐在她身側，俯下身——

「好，我同意……」

第十一章✦原來你每個地方都又漂亮又美味

華麗溫暖的禮賓艦主臥室，超大的六角床。

一名軍裝男子伏在床上，小心的親吻著身下的柔軟少女，男子肩背展開，將如貝殼軟肉般的女孩蓋得嚴嚴實實。他一絲不苟的軍服有幾處褶皺，但絲毫不減斧刻般的俊朗；女孩的白嫩小手在他寬闊的肩頭無力攀著，一直無意識的拽揉著他硬挺質料的衣服，時而扯亂他的領口，時而拉拽他的臂章。

顏鈞伸手握住那隻搗亂的手，牢牢捏住，抬頭，喘息，舔唇，一雙桃花眼微微瞇起，喉頭隨著吞嚥的動作輕輕滾動。他被梁依依濕潤渴望的眼睛看得睫毛顫動，微微低下頭，強裝鎮定的繼續解衣釦。而梁依依晶瑩圓潤的嘴還保持著噘起的狀態，眼裡迷濛如水，只知道追逐著顏鈞稜角分明的脣看……

她不知道顏鈞為什麼要突然親她……但是當顏鈞一抱住她、輕輕的吻她時，她就什麼都不知道了，腦袋麻麻的，腿軟軟的，只聞得到顏鈞身上好聞的氣味，像溫暖的水那樣包裹著她，好舒服……顏鈞凶巴巴的嘴其實好軟……好舒服的……

「為什麼呀……為什麼不親親了……」梁依依哼哼嘰嘰，撒嬌的勾住他脖子，湊上去又要尋他的脣親親。

顏鈞被她軟綿綿的嘴一碰，手指一抖，忍不住停下動作任她吻，再度忘了脫衣服這件大事。梁依依含著他的雙脣吮出了幾個「啾啾」聲，又在他分明好看的脣角處印了一個啾啾，再在他性感傲慢的下巴那兒印了一個啾啾，然後抬起漿糊般的腦袋思考，還要啾，還要啾哪裡呢……

她的眼睛發現了顏鈞低垂的眼睫毛，像蝴蝶翅膀一樣在輕輕發抖，雖然顏鈞長得英氣逼人，不過睫毛卻挺長的。梁依依咂咂嘴，勾著他的脖子，沒骨頭般的貼著他爬起來，將一對豐軟的胖兔抵在他身上，低頭捧起他的臉，親了親他凶巴巴的刀劍樣的眉毛，又親了親他無意識顫抖的眼簾，然後像美食家品味一般評價道：「顏鈞，原來你這麼好吃的呀，每個地方都又漂亮又美味……有個四字成語怎麼說來著？秀色可餐？還是……哦，色藝雙絕！」

顏鈞本來全身心都陷入了她胸前的柔軟觸感中，腦裡塞滿了奔騰的馬賽克，但她這句話一出口，他惱羞成怒的自我意識又回來了。他低下緋紅的臉，掐著梁依依的小腰把她按回身下，咬牙道：「什麼色藝雙絕！什麼漂亮！妳才漂亮！妳才雙絕！敢爬到我頭上撒野，妳真是，無、無法無天了妳……」

梁依依眼睛一亮，詭異的抓住了奇怪的重點，期盼道：「真的嗎？你是說我漂亮嗎？」

「嘖！」顏鈞真是氣得想堵上她那張嘴，順桿爬和跑題的能力她真是最厲害，他恨恨的低頭不理她，繼續專注的脫衣服，但梁依依卻不肯放過他，一會兒圈著他的腰搖來搖去，一會兒摸他紅透的耳垂，一會兒蹂躪他挺拔的軍裝，一會兒戳他臉，千百次的問——

「你是說我漂亮嗎？我漂亮嗎？」

「妳醜死了！」顏鈞頭也不抬的答。

梁依依嘛嘴不高興了，她擰來擰去，騷擾做任何事都專心致志、鍥而不捨、誓要脫光自己的顏鈞，顏鈞被她鬧得無奈道：「妳……妳到底想不想要……我不脫衣服怎麼給妳？」

「啊？給我？」梁依依兩眼一懵、呆了一陣，低下頭湊近他，好奇的盯著顏鈞手裡的動作，看他能從衣服裡掏出個什麼來。她看著顏鈞臉紅紅的解開了風紀釦、排釦……一路將威風硬挺的軍裝脫下，然後又開始解襯衫釦……

顏鈞穿著衣服時，修長挺拔不覺壯碩，勻稱如一棵勁樹，當他緩緩拉開襯衫，釋放出一具力與美的男體時，危險與凶悍的氣息便撲面而來，由β能量優化出來的完美肉體，在搏鬥廝殺中鍛鍊出來的矯健體型，毫無冗餘，腰肢結實，臀部緊致，線條起伏，這是屬於食物鏈上層者的身體，這是自然界強勢雄性的美色。

但梁依依的審美能力還沒有高到這個程度，她除了在恍神之間感覺顏鈞真的很好吃之外，沒有別的感慨，繼續低頭專注的盯著顏鈞的手，好奇他會掏出個什麼東西給她。

顏鈞修長的手有點僵硬的搭在褲腰上，見梁依依十分期待的盯著他那裡，臉一熱，緊張尷尬的別開頭。看來她真是，想得厲害呀……

顏鈞梗著脖子，慢慢的解開褲釦，盡量放鬆自己的背肌，以咚咚巨響的心跳聲作為節奏，不斷給自己洗腦：這算什麼，本少爺什麼沒見過，就睡個女人而已……切，這算什麼……

梁依依突然感到有些不對勁，慢慢抬起頭……

就在她仰望著顏鈞的側臉，逐漸開始領悟狀況之時，顏鈞的「重型近身攻擊武器」從他的軍褲中啪的彈了出來，還很狂躁的在空中威風凜凜的跳了跳，顏鈞緊張的低頭看了一眼，對它這個出場很不滿意，它、它怎麼能顯得這麼急躁呢！

顏鈞正熱氣蒸騰的想把它關回去再出場一次，一定要讓梁依依看到一個霸氣從容的出場，從而跪舔在他的雄風之下，可梁依依這時已經順著他的視線低下頭，於是他下意識的用手一掩不准她看，然後緊張的一手環住她的腰，把她往自己身上壓，慌亂的低頭親了她一下。

梁依依再度被他抱得緊緊的，被顏鈞捉住嘴，小心又顫慄的親了半天，兩人只知道嘴對嘴的輕輕親吻，但只要顏鈞親她，梁依依就會腿軟，腦子裡面變成漿糊，什麼都不知道了。

顏鈞的身體氣息雖然極具侵略性，但他扶在梁依依腰上的手卻有些顫抖與溫柔。

比起梁依依一親親就迷亂，亂抓亂摸他的小嫩手，他那一雙看似有力的大手實在是有點規矩，只知道脫自己的衣服。

顏鈞緩緩將懷裡軟綿綿的人壓在床上，梁依依迷亂的小手在他起伏的背上像顆水珠般茫然的流動著，流過微微聳起的肩胛，流過繃緊的背部，流過修長結實的腰肢……流過哪裡，顏鈞就緊繃到哪裡，從頭皮一直繃到結實的臀部……

他喘著粗氣，非常捨不得的鬆開梁依依，無措的摸摸鼻子，想了想，低下頭伸出滾燙的手握住她肉嘟嘟的白腿，順著她綿軟的睡衣短裙往上摸了摸，準備掀她的裙子。

梁依依被顏鈞放過嘴嘴後，腦子裡的漿糊便漸漸恢復正常，她眨眨眼，道：「顏鈞……啊，原來你想做這個——天啊，你想做壞事……」

顏鈞捏著她的白腿，沙啞道：「什麼我想！是妳，是妳想，不是我想！」一副本少爺遭妳求歡真是被逼無奈的樣子。他瞪她一眼，然後又探身過去親親她，然後繼續低頭思考是先脫裙子還是直接脫小褲褲這個問題。

「我？我想？……我……我哪有……」梁依依蹬了蹬腿，不願意被他這麼掐著。

「嘖。」顏鈞本來不想理會她時不時的矯情和裝腔作勢，但是她兩條腿蹬來蹬去實在影響他脫褲褲，於是他只好把她抱起來，帶著哄她的意味細碎的親她，親一下便啞聲問一句：「是妳想還是我想？」

他再親一下，又說：「明明是妳想，蠢貨……」

他又親一下，「給我老實點……」

他再親，「說，是妳想……」

梁依依從最初的咿咿嗚嗚，到後來迷迷糊糊點頭，「哦……那……就算是我想……」腦袋再次順利被顏鈞搗成漿糊。

顏鈞得意的平復氣息，伸手試探的掀起她的裙子。

梁依依感覺到敏感的腿根被顏鈞粗糙的手指摩挲到，於是低頭看，竟一眼看到顏鈞的軍裝褲中挺出來的雄糾糾氣昂昂的那一根……她定睛瞧了瞧，然後驚恐的抽氣，大腦迅速冷卻，推了顏鈞一把，撅起屁股轉身就往外面爬。

顏鈞一愣，一把將她抓回懷裡，說：「妳幹什麼！」

梁依依畏縮，「我……我去看看天氣……」

「外面是宇宙，哪有天氣給妳看！」

「那我去看星星……」

「梁依依妳……妳又在胡鬧什麼啊？！」渾身冒煙。

梁依依捂臉，從指縫裡看著他，認真道：「我不胡鬧，我只是害怕。」

「妳怕什麼？我在這裡妳怕什麼？」無意識的一挺下身長槍。

梁依依臉紅紅的，秉著求真務實的態度再次低頭仔細瞧，然後不忍直視的扭開臉，伸手指向他的重型近身攻擊武器，纖纖手指尖與他的蘑菇頭對峙道：「你這個，肯定是那種超大口徑的大炮……」

嗯？顏鈞沒明白她的意思。

「可是、可是……」梁依依反射性的夾緊腿，誠實道：「梁依依只有兒童玩具槍的小槍套……」很為難的苦臉，「你不要妄想放進來，太殘忍了。」

顏鈞被她這奇奇怪怪的比喻講得不知道是該腦筋抽搐還是下體抽搐，忍不住又想揍她。他狠狠把她按在自己腿上，一邊罵、一邊親親的安撫道：「蠢貨，妳會不會誇人！……妳其實喜歡死了吧！……妳這愚蠢的女人！」

他捏著梁依依的下巴，形狀分明好看的脣小心的親著梁依依，有笨拙的安撫之意，想讓她不要害怕。梁依依張開嘴剛想說話，結果被顏鈞堵到，讓他碰巧把舌頭探了進去，某人虎軀一震，無師自通的領悟到了梁依依小舌頭的美妙……

……★……★……★……

飛船的對接通道處，陸泉正帶著文大師慢慢走進來，他打了許多通電話給少爺，可少爺都沒接，不知道是怎麼回事。

陸泉請文大師在兼具餐廳和會客作用的大廳內就座，他轉身去找少爺，在這個時間點，少爺不是在控制室就應該在訓練室。

文大師悠然坐好，接過女僕送來的茶，輕啜一口，手指摩挲著茶杯，靜靜的回想。

今天這一連串事情，他真是要為顏家的小子拍手叫好。

在迪里斯皇族覲見皇帝後，聯盟為他們舉行了歡迎儀式，奈斯皇室很自然的邀請迪里斯皇族暫居奈斯星區，這時候，顏小子發難了。

他以自己的女朋友在皇宮中被蟲族致幻控制為由，藉題發揮，證據詳實，甚至還逮住兩隻認罪的蟲族。蟲族在殿上招供確實是偷偷混進皇宮，想為蟲王報仇，這時候拜倫家的門奇小子也帶著一個姓薛的女同學蹦了出來，說是在蟲子手裡救出這位薛姓女同學。

顏鈞藉此強調皇宮的守衛太薄弱，奈斯星區的保安不嚴密，無法保護皇帝陛下的安危，順勢就提出了兩個要求，第一是今後由夜旗軍在奈斯星區周邊駐兵，拱衛奈斯星區，保護皇帝陛下；這事說得好聽是保護，但其實是顏氏在奈斯星區外圍成了包圍圈，所謂的保衛不過是監視與包圍罷了，這讓奈斯皇族戰慄流汗、害怕不已。第二是如果迪里斯皇族選擇暫居奈斯星區，屆時，夜旗軍將熱忱邀請他們多來周邊的駐地走動交流。

實在是漂亮，一箭數鵰。不僅敲打了皇族中一些居心不軌之人，還在奈斯星區外多了一個駐地，樹立了威權；另外，在向迪里斯人展示肌肉的同時，也向他們遞出了橄欖枝。

可惜，這個時候拜倫家的門奇小子也來橫插一槓，表示獅士軍也會一同在周邊駐軍，保衛皇帝陛下……

結果最後變成了聯盟大雜燴。

文大師搖搖頭，為顏氏略感遺憾，不過總的來說，顏家這個小子真的是很不錯。不過當然，這些都不是他這麼晚來找他聊天的原因……他來，是為了那個姓梁的小丫頭。

陸泉最終找到主臥室門外，試探的敲門。他只剩這裡沒找過了，不過如果少爺這時候是在這裡面的話……他突然有種不祥的預感。

門內，兩人還在陶醉的深吻，不過已經匪夷所思的換了個方向，痴迷於親親的梁依依正壓著顏鈞，兩隻小手按著他的一雙大手，分開自己兩腿跨坐在他的腰上，軟綿綿的束縛著他。

外面響起敲門聲時，特別喜歡這種親親運動的梁依依非常不高興。

但是敲門聲一直響、一直響、一直響……響到兩人都不得不停下了，就聽見陸泉聲音越來越小的在問：「少爺，少爺你在嗎？文大師來訪，是文大師……」

顏鈞鬱悶的僵住。

梁依依靠在他身上，噘起嘴也很不快，眼裡都是迷迷濛濛的水氣。

「少、少爺……」陸泉已經悲戚的明白了，但他能怎麼辦？他能怎麼辦？難道對文大師說我們少爺正在打炮請您老明天再來？

顏鈞痛苦萬分的伸手捂了捂臉，慢慢坐起來，摟了摟差點從他身上跌下去的梁依依，不知道該說什麼，輕輕的在她額頭上印了一下說：「妳等我一會兒……」

梁依依鼓起了包子臉。

……★……★……★……

陸泉敲門的時間已經足夠長，事情也交代清楚了，他知道不管少爺現在正處於什麼「狀態」……他是一定會出來的。

只要不涉及人情交際、感情問題等傳統弱勢專案，少爺處理其他任何問題，都是個條分縷析、重點分明的人。

陸泉回到會客廳內，恭敬的站在大廳的一側，時不時陪文大師聊一聊。

這時林棟、瑞恩和羅奇銘上了飛船，三人路過主臥門口時，臥室門不期然的從裡面打開，少爺襯衫凌亂的背對著眾人，拎著褲頭踉踉蹌蹌的往外退，正氣急敗壞的跟梁依依小姐拉拉扯扯。

梁依依小姐看似很積極的低頭跟著少爺，一雙手正在為少爺整裝繫釦、認真忙碌，一副賢慧小妻子的樣子。

少爺穿上衣的時候，她就認認真真的幫少爺拉褲子、時不時夾到奇怪的毛髮，少爺嗷嗷叫狼狽的一把拍開她的手自己提褲子，她就抬起手一板一眼的幫少爺扣衣服，但只要有她那雙手在毫無重點的上摸下弄，跟少爺的手打來打去，少爺就臉紅耳熱的怎麼都弄不好。

顏鈞低惱道：「夠了！別亂碰，讓我出去就好，妳別圍著我繞！」

梁依依固執道：「我是在幫你呀。」繼續無意識搗亂。

顏鈞一把抓住梁依依的兩隻爪子、固定住，自己以戰鬥速度迅速穿衣整裝。

梁依依的溫馨（搗亂）關懷（作案）工具被收繳，只好低頭盯著他動作，挺為他發愁的，她問道：「……你那裡怎麼辦呢？鼓鼓的一大包出去不太好吧……」

顏鈞的臉頓時鮮紅欲滴，憤然的嬌羞低頭。

梁依依在旁邊認真思考建議道：「要不然先把它綁起來吧，壓下去，再弄一個……」

顏鈞咆哮：「梁依依！」

梁依依被他吵得頭一偏，道：「哎，你不要吵嘛，我是在很認真的建議，我覺得這個辦法很快，滿好的……」

顏鈞繼續怒道：「好？妳能不能想出一點賢慧溫柔的主意？」

梁依依這就不大服氣了，大言不慚道：「我一向都是很溫柔的呀，剛才我也比較賢慧啊……」

這時她掙了掙被他捏牢的手，同時終於越過顏鈞門板似的高大身材，看到門外走道上的「(⊙o⊙)」臉震驚三人組。

「啊！」她發出了簡短的驚訝聲，然後迅速拋棄衣衫不整的顏鈞，轉身跑進室內撲進六角床上鑽進被子裡悶頭躲起來，只露出一個拱起來的圓屁股，屁股上寫滿了嬌羞和尷尬的表情。

顏鈞順勢回頭一看，即見到三名張著大嘴表情欠揍的部下，於是瞪起眼睛，喝道：「看什麼看！還看？遮眼！」

三人於是默默的抬起一隻手，林棟與羅奇銘一齊遮住瑞恩的眼睛，自己則睜大眼認真盯著主臥室，視線在凌亂的床上翻滾掃視著……

顏鈞羞惱的一腳踹關門。

林棟三人互看一眼。

羅奇銘深吸一口氣，「心情好複雜……」

瑞恩嘆了一口氣，「少爺長大了？！」

林棟搖搖頭，「呃，去餐廳喝一杯吧。」

三人走進會客廳，準備去拿點喝的，但一看到桌邊的文大師，便止住腳步，敬過禮後陸續走到陸泉旁邊。

陸泉見這三人看一眼文大師，又看一眼他，不停的使著眼色，明顯的有話想講，於是他伸手指了指林棟和瑞恩後腦殼上扣著的腦關電頻解碼裝置。林棟會意，給陸泉和羅奇銘一人發了一個，四人開始將腦內電信號轉碼成音訊交流。

瑞恩一打開解碼裝置，就使用高頻音階無情的震動大家的耳膜，道：「陸泉！你知道嗎？我們剛才看到、看到……」

羅奇銘沉穩俐落的打斷了瑞恩的男高音，插話道：「陸泉，有件可大可小的事我們必須商量一下，我不知道該不該向少爺彙報——剛才我們離開莎宮的時候，突然被卡繆上將攔住，他說他想跟少爺談談……態度鄭重得可怕。」

陸泉一愣，「卡繆上將？跟少爺談？他們有什麼好談的？！」

林棟聳肩，「啊，誰知道呢？我總覺得他是想談談梁依依……那位上將也是個思路奇特的人。」

瑞恩道：「喂！我們不如還是談談剛才的事情吧！我們剛才看到、看到……」

陸泉沉著的打斷他，道：「那件事少爺已經處理得相當漂亮了。不僅解釋了梁小姐『行為失常』的原因，給了卡繆上將一張完美的遮羞布，挽救了兩個家族的瀕危關係，還抓住了懲戒皇室、增設駐軍點的機會。」

陸泉繼續道：「不管那個解釋有沒有人相信，但卡繆作為拉瓦德家族的一員，還是個德高望重的長輩，這時候的正常態度應該是完全默認、盡力撇清、假裝完全沒有過那事，這輩子不跟少爺往來也是正常的。他現在要跟少爺談談？他在想什麼？」

林棟認真分析道：「也許是因為人接近更年期，遭遇中年危機，使他感受到了人生的迷茫和失落，開始追求極端與刺激……」

瑞恩繼續高呼：「說這些無聊的幹什麼！我們還是講講最震撼的事情吧！我們剛才看到、看到……」

林棟依然淡定打斷瑞恩，道：「另外，與梁小姐關係很好的那位薛姓小姐找到我，想要跟我們的船回去，本來這沒什麼，但她當時是被門奇．拜倫送過來的，雖說他送完人就走了，但讓我不得不有所顧慮。你們怎麼看？」

陸泉道：「這沒什麼，沒必要想太多。你真是有點被害妄想，作為夜旗軍的一員，我們基本上的大氣魄還是要保持。」

瑞恩越發激動了，「喂！我說啊，你們到底有沒有注意到今晚最值得討論的事情啊？我們剛才看到、看到——」

林棟和羅奇銘齊道：「少爺突破（突然破處）了嘛——」

林棟道：「陸泉肯定知道，沒什麼好大驚小怪的。」

陸泉正要說什麼，就看到少爺穿著襯衫和軍褲慢慢的走了進來，一臉的欲求不滿、黑雲纏繞。

文大師看到了表情穩重大氣（？）的顏鈞，微微一笑，讓飄在空中的茶杯穩穩落下。

「文大師……」顏鈞坐在桌邊，揉了揉微微皺起的眉頭。

文大師點點頭，笑咪咪的看了他片刻，完全不廢話，開門見山道：「你的那位姓梁的小丫頭……很奇特啊。」

顏鈞心裡雖然咯登一下，可依然生硬的板著一張臉，看不出表情變化。他看一眼文大師，莫名道：「奇特？」

文大師笑一笑，說：「我是塞厄的傳人。在艾芙蘭大星系群中，塞厄是唯一一個真正走入過高等文明並遊歷其中的人，他的閱歷即使過了兩、三百年，也還比我廣闊。我在他傳下來的筆記中，看到過很多奇妙的事，所以老頭子敢不謙虛的說一句，我的見識也許比你們多一點。你知道老頭子我對權力、金錢完全沒興趣，這輩子能打動我的，也只有無盡的知識本身……」

顏鈞真想大喝一聲「說重點」，但他深吸一口氣，眉頭微凝，以苦大仇深的鄭重表情點頭，生硬附和道：「文大師的境界與追求，一直是我學習的榜樣。」

瑞恩說：「看，少爺又在長輩面前，以浮誇用力的演技表演一個老成穩重的人！」

陸泉說：「……我們出去吧，站在這裡似乎不好。」

林楝說：「不，我對文大師要說的事感興趣，少爺不會避我們的。」

文大師說：「顏鈞呀，我對你來說，完全不構成派系威脅，所以你不必擔心我。反倒是許多你無法理解的事，也許我能幫你解答。」

「我之前之所以要私下聯繫迪里斯人，確實是有我的私心在。你知不知道我做夢都想去高等級文明看看，做夢都想明白這個宇宙的邏輯與奧妙，做夢都想在勒芒・德普路斯會議中更進一層，見識到更為廣闊的世界……我認為，如果那幾個迪里斯皇族加入了貝阿文明，那麼到時候代表貝阿文明，在那個會議中走得更深遠、爭取更多利益的人應該是他們，所以我……」

文大師頓一下，「咳咳……可惜，我後來知道，他們由於一些原因要保持低調，不願意參加勒芒・德普路斯大會……」

顏鈞真想搖著這老爺子的衣領咆哮：說重點！本少爺半夜被人打斷，不是來聽這玩意的！（背景：熊熊欲火。）

他平息片刻，深吸一口氣，打斷文大師滔滔不絕的敘述道：「大師，您有什麼事想指點，就直說吧。」

文大師沉默片刻，道：「顏鈞，或許是老頭子我想多了，但是……你和卡繆都跟這個小丫頭有點聯繫，他前段時間請教過我『能量實體化』，而你們兩個又先後突破，白天那隻白浣獸面對她時的異常表現，還有晚宴時埃爾看上去不經意的請教過我一個問題，他問我——有沒有見識過能夠抽出β能量的人。」

卡繆和埃爾……顏鈞的仇恨已經牢牢鎖定這兩個東西了。他裝作不明所以的看一眼文大師，不作聲。

文大師見他紋風不動，頓了片刻，只好道：「你知道『獵食者』嗎？」

《廢物少女獵食記02我是她的男朋友！》完

敬請期待《廢物少女獵食記03》精采完結篇！

飛小說系列 104

廢物少女獵食記 02

我是她的男朋友！

飛小說。We Love Easyfly

出版者■典藏閣
作　者■陸山水
總編輯■歐綾纖
繪　者■MIKI
企劃主編■PanPan

製作團隊■不思議工作室

郵撥帳號■50017206 采舍國際有限公司（郵撥購買，請另付一成郵資）
台灣出版中心■新北市中和區中山路 2 段 366 巷 10 號 10 樓
電　話■(02) 2248-7896　傳　真■(02) 2248-7758
物流中心■新北市中和區中山路 2 段 366 巷 10 號 3 樓
電　話■(02) 8245-8786　傳　真■(02) 8245-8718
ISBN■978-986-271-483-6
出版日期■2014 年 7 月

全球華文國際市場總代理／采舍國際
地　址■新北市中和區中山路 2 段 366 巷 10 號 3 樓
電　話■(02) 8245-8786　傳　真■(02) 8245-8718

新絲路網路書店
地　址■新北市中和區中山路 2 段 366 巷 10 號 10 樓
網　址■www.silkbook.com
電　話■(02) 8245-9896
傳　真■(02) 8245-8819

線上總代理：全球華文聯合出版平台
主題討論區：http://www.silkbook.com/bookclub　◎新絲路讀書會
紙本書平台：http://www.silkbook.com　◎新絲路網路書店
瀏覽電子書：http://www.book4u.com.tw　◎華文電子書中心
電子書下載：http://www.book4u.com.tw　◎電子書中心（Acrobat Reader）

☛**您在什麼地方購買本書？**☚

1. 便利商店（ ________市／縣）：☐7-11　☐全家　☐萊爾富　☐其他____________

2. 網路書店：☐新絲路　☐博客來　☐金石堂　☐其他__________

3. 書店（ ________市／縣）：☐金石堂　☐誠品　☐安利美特animate　☐其他______

姓名：________地址：______________________________

聯絡電話：____________　電子郵箱：______________________

您的性別：☐男　☐女　　您的生日：西元________年________月________日

（請務必填妥基本資料，以利贈品寄送）

您的職業：☐上班族　☐學生　☐服務業　☐軍警公教　☐資訊業　☐娛樂相關產業

☐自由業　☐其他__________

您的學歷：☐高中（含高中以下）　☐專科、大學　☐研究所以上

☛**購買前**☚

您從何處得知本書：☐逛書店　☐網路廣告（網站：____________）　☐親友介紹

（可複選）　☐出版書訊　☐銷售人員推薦　☐其他________________

本書吸引您的原因：☐書名很好　☐封面精美　☐書腰文字　☐封底文字　☐欣賞作家

（可複選）　☐喜歡畫家　☐價格合理　☐題材有趣　☐廣告印象深刻

☐其他________________

☛**購買後**☚

您滿意的部份：☐書名　☐封面　☐故事內容　☐版面編排　☐價格　☐贈品

（可複選）　☐其他

不滿意的部份：☐書名　☐封面　☐故事內容　☐版面編排　☐價格　☐贈品

（可複選）　☐其他

您對本書以及典藏閣的建議____

____

____

✌未來您是否願意收到相關書訊？☐是　☐否

✍**感謝您寶貴的意見**✍

印刷品

請貼
3.5元
郵票

235 新北市中和區中山路二段366巷10號10樓

華文網出版集團　收

（典藏閣－不思議工作室）